MARY

Secrets d'hiver

Du même auteur

Hornisgrinde, un honorable correspondant
Editions Bénévent - 2005

Juste avant la guerre
Editions ACVAM - 2006

L'Inconnue et l'ombre
Editions ACVAM - 2009

L'émir du bocage
Mon Petit Editeur - 2010

Le dernier feu
Secrets d'automne
BoD – Books on Demand 2018

Christian Dubuisson

MARY

Secrets d'hiver

© 2020 Dubuisson Christian

Édition : BoD – Books on Demand, 12/14 rond-point des Champs-Élysées, 75008 Paris
Impression : BoD - Books on Demand, Norderstedt, Allemagne
ISBN : 9782322221875
Dépôt légal : Mai 2020

Remerciements

à Annie

« Argent, pouvoir, suprématie, avec ou sans technologie, le comportement humain ne cesse de se répéter ».

CD

Avertissement

Les lignes qui suivent sont une œuvre romanesque. L'histoire s'inscrit dans une réalité historique. À l'exception des personnages et des événements historiques connus auxquels il est fait référence, toute ressemblance avec des personnes ou des faits existants ne pourrait être que fortuite.

Avant-propos

Ce livre fait suite à

"LE DERNIER FEU
 Secrets d'automne".

Nous en retrouvons les personnages dans une situation déroutante.

Chapitre I

L'intrusion

Novembre 2017

Dans cette nuit d'encre, on devinait difficilement les contours de la maison. Le vent d'ouest gémissait au coin de l'ardoise ébréchée, au-dessus de la gouttière en zinc, du côté ouest. Sa plainte lancinante voilait le bruit sourd des vagues qui s'écrasaient au pied de la falaise crayeuse, à moins de cinq cents mètres. À l'entrée du chemin, le panneau portant l'inscription « Musée de la Guerre psychologique » brinquebalait en cliquetant sur son poteau en fer, rouillé par les intempéries. Arrivant sans un bruit, tous feux éteints, une voiture noire s'arrêta sur le parking attenant, légèrement en retrait, afin d'éviter d'être vue de la route, semblant pourtant déserte à cette heure de la nuit. Un homme, probablement, vêtu de sombre, le visage masqué par une capuche, en sortit sans que la lumière de l'habitacle s'allume. Le crachin porté par l'air marin le cingla au visage et il maugréa quelques mots incompréhensibles. Habilement il glissa un parapluie[1] dans la serrure de la porte d'entrée et l'ouvrit sans difficulté. Aucune alarme ne retentit. Il remit dans sa poche la bombe de produit qui aurait neutralisé un dispositif sonore éventuel. Le temps était compté et, s'éclairant avec une lampe torche miniature, il parcourut le hall d'exposition du regard. Au fond de l'espace, un panneau d'exposition retint soudain son attention. En l'examinant attentivement il constata qu'il pouvait pivoter, maintenu par un simple verrou caché au dos. Il dissimulait un placard mural. La serrure, facile à crocheter, ne présenta aucune difficulté à l'ouverture. Une pile de classeurs, des objets divers qui n'avaient pas été exposés reposaient sur les étagères. Il lâcha malgré lui un mot d'énervement et entreprit ses recherches parmi les documents, muni des gants souples qu'il avait enfilé avant de sortir du véhicule. Au bout de quelques minutes, après avoir examiné attentivement une pile de papiers, quelques feuilles retinrent son attention. Il sembla satisfait. Rapidement, il les photographia une à une, les remettant en place, dans un ordre presque identique, en froissa une légèrement. Bien qu'il travailla vite, son visage se crispait imperceptiblement. Il perdait du temps et redoutait qu'une alarme discrète n'eut averti un service de sécurité inconnu. Rien ne se produisit et, enfin, un énigmatique sourire sur les lèvres, il referma le placard soigneusement, repoussa le panneau à sa place initiale, le verrouilla et entra dans le bureau attenant au hall d'exposition. La porte vitrée n'était pas fermée à clef. Il s'assit au bureau et alluma l'ordinateur. Le système se bloqua à la demande du mot de passe. Il introduisit une clef dans la prise USB frontale et patienta moins d'une minute avant que l'écran d'accueil apparaisse enfin. Il explora

---

[1] Dispositif mécanique, électronique, non destructeur, permettant d'ouvrir les serrures.

méthodiquement les dossiers, fit des copies et éteignit la machine, sans oublier de récupérer l'objet du délit. Ouvrant machinalement le tiroir supérieur il ne put se retenir de prélever quelques bonbons à la menthe qui s'y trouvaient... Il était temps de disparaître. À l'extérieur la tempête n'avait pas faibli. Pas une âme qui vive. Pas même un chat, par ce temps à ne pas mettre un chien dehors. Il referma la serrure de la porte d'accès, s'installa au volant de la voiture et démarra sans le moindre bruit. Le vent continuait à chuinter au coin de la gouttière, accompagnant la fureur des vagues, prélude à de prochaines grandes marées. Dans le lointain un pauvre chien aboya longuement, transi de froid, à la chaîne dans une cour de ferme offerte au vent glacial.

Deux jours plus tard.

Un vent aigre, venu de l'est, balayait le cimetière militaire allemand emportant les dernières feuilles jaunies, accrochées aux stèles de grès rose. Elles se plaquaient parfois sur l'une des croix noires en lave puis, reprenant leur route, elles disparaissaient sous une haie d'épineux bordant l'espace arboré. Un silence de mort enrobait les personnes présentes à la cérémonie du souvenir, comme tombé d'un ciel lourd de menaces, parcouru de nuages gris filant vers un inconnu lointain. Après une allocution de remerciements, une personnalité prononça un discours de paix. Les gerbes furent déposées les unes après les autres au pied du tumulus, dans un silence impressionnant. Lors des cérémonies de juin, une trompette entamait ensuite, « *Ich hatt' einen Kameraden* », reprise en écho, peu après, au loin ; après une courte pause, une autre trompette émettait, crescendo, la sonnerie aux morts française mais là, les notes ne vibraient que dans les mémoires, emportées à nouveau dans le souvenir. Après le dépôt de gerbes, la méditation se poursuivit pour une minute de silence au goût d'éternité.

Les statues et la croix, en lave noire, juchées au sommet du tumulus, écrasaient la scène, la mère et son fils soutenant le monde par cette symbolique forte, afin que ne se reproduisent de telles horreurs dont les nombreux cimetières militaires normands portaient un témoignage poignant.

Selon un protocole bien établi, les personnalités partirent saluer les représentants civils et militaires, les porte-drapeaux qui encadraient, de part et d'autre, les gerbes déposées peu de temps auparavant au pied du tumulus contenant les restes de vie perdues, rendues anonymes par la folie de quelques hommes.

Les poignées de mains n'en finissaient pas et Charles observa Mary qui se tenait à une vingtaine de mètres, silencieuse, grave. Il la trouva belle, émouvante, le regard perdu dans le lointain. Se sentant observée elle se tourna légèrement vers lui et un bref sourire illumina son visage puis elle reprit sa position, face aux gerbes de fleurs. Elle était encore plus belle. Filtrant entre deux nuages, complice inattendu, un rayon de soleil caressa son visage, éclairant sa chevelure brune, teintée de mèches grises, voilant l'œuvre d'un temps qui n'avait pas de prise sur elle. Il aimait ce visage empreint de noblesse, de mystère. Il connaissait beaucoup de ses expressions, mélancoliques, intriguées, perdues dans des pensées soudaines ; puis un sourire, un rire clair en chassait soudain la tristesse, une nostalgie qu'il ne pouvait partager, une nostalgie bercée de l'écume de la mer Baltique.

Mary, quinquagénaire sportive et séduisante, avait créé un musée, comme il y en a beaucoup sur les côtes du débarquement, en Normandie. Cependant, le thème était particulier, bien différent des autres, proposés le long des plages, puisqu'il s'agissait du « Musée de la Guerre psychologique ». La guerre psychologique et la désinformation avaient joué un rôle primordial lors de la préparation de l'opération Neptune qui conduisit au plus grand débarquement de l'histoire militaire, le 6 juin 1944.

Charles, auteur dilettante, retiré dans les marais, était tombé sous son charme lors d'une rencontre chez des amis communs. Tel un batelier navigant sur le Rhin, envoûté par la mélodie de la Lorelei, il s'était approché des rivages dont on ne revient pas. Poussé par les flots du cœur sur d'invisibles rochers, l'âme meurtrie, il avait rejoint la grève du temps perdu.

Il est parfois des chemins qui se croisent soudain, se rapprochent, mais ne peuvent se rejoindre totalement. Le destin se révèle trop souvent architecte imprévisible ! Mary avait confirmé, une pointe de regret dans la voix, que l'on ne doit pas ouvrir une porte que l'on ne peut refermer. Un lien d'amitié était né. « *Il suffirait de presque rien, peut-être dix années de moins* [2] »...

Il sentait parfois Mary troublée, mais elle avait le don de brandir aussitôt un bouclier invisible qui laissait perplexe son âme occitane, heureuse du simple plaisir d'offrir, d'aider. Les brumes et le ressac de la Baltique, un certain matérialisme propre aux peuples germains, qu'elle avait côtoyés longtemps, avaient forgé chez elle le besoin de se protéger, de préserver son univers, d'en marquer la frontière. Charles en avait compris les raisons secrètes et ne pouvait que le regretter. La Lorelei s'était faite muse attachante.

---

[2] Chanson de Serge Reggiani

La cérémonie prit fin et les participants furent invités à un vin d'honneur, dans une salle proche du site.

La salle se remplit lentement et un brouhaha noya l'espace en peu de temps. Charles chercha Mary du regard. Un individu bavard tentait de capter son attention ; elle échappa à son discours ennuyeux en apercevant Charles, s'excusa et vint vers lui, en levant les yeux au ciel.

— Vous êtes venue seule ? se réjouit Charles.
— Mon ami est parti voir un match de foot à Rennes.
— Je vais aimer le foot...

Un rire léger, comme une eau vive, fit frissonner Charles, puis son visage s'assombrit.

— Je suis très ennuyée car il y a eu une intrusion dans le musée.
— Quand ?
— Il y a deux jours... la nuit...
— Quelque chose a été volé ? Des dégâts ?

Mary sembla chercher puis fit non de la tête.

— Il me semble que l'on a pris des bonbons dans un tiroir... Ah si... Des papiers ont été fouillés, j'en suis presque sûre. Ils sont tellement anciens, je ne vois pas l'intérêt et je ne peux pas aller à la gendarmerie pour ça.

Mary portait sur Charles un regard interrogateur espérant de lui un éclaircissement, une explication, la solution à cet incident qui la perturbait.

— Perfectionniste comme vous êtes, c'est probable... À part vous qui a les clefs ?
— Personne.
— Bizarre. L'alarme ne s'est pas déclenchée ? Vous deviez installer une caméra discrète...
— J'ai eu d'autres soucis... J'avais peut-être oublié de mettre l'alarme en marche avant de fermer. La société de

surveillance est déjà venue pour de fausses alarmes alors, les factures, j'en ai assez.

Elle regardait Charles intensément et il en fut troublé. Il avait envie de la serrer dans ses bras et se retint.

— Voulez-vous que je vienne voir ? Enfin, j'ai peur de déclencher une grosse crise de jalousie si jamais il l'apprend. Il ne peut pas vous aider ?

Elle ne répondit pas, esquissant un sourire mystérieux, puis, dans un souffle elle murmura, de crainte d'être entendue.

— Pouvez-vous passer cet après-midi ? J'y serai à partir de quinze heures... Des choses à ranger...

— Promis...

— J'y pense brusquement... Pourriez-vous aussi vérifier mon ordinateur ? On m'a peut-être mis un logiciel espion.

Pour installer son musée, Mary avait acheté une vieille bâtisse, basse, en terre battue, près de la route départementale qui longeait les falaises en direction de Colleville-sur-mer. Elle avait, elle-même, effectué beaucoup de travaux intérieurs, tour à tour plâtrier, peintre, électricienne.

Un artisan avait eu la charge de rénover les murs extérieurs et lui avait trouvé, avec l'aide de relations dont il ne voulait pas parler, l'armement démilitarisé qui occupait le hall d'entrée. Elle avait bien sûr déclaré comme armes de collection... une mitrailleuse allemande MG 42, une mitrailleuse américaine 12,7 et un terrifiant lance-flamme *Flammenwerfer 41*. Une note grinçante, accrochée à l'engin de mort, rappelait au visiteur « que l'humanité avait fait un grand progrès lorsque l'homme avait maîtrisé le feu ».

Pendant la période creuse, en l'absence de touristes, Mary faisait des traductions de documents, essentiellement pour des laboratoires pharmaceutiques. Très appréciée, elle avait ses entrées dans certains d'entre eux. Parfois, elle traduisait un livre, avec une prédilection pour les romans psychologiques.

Charles s'éclipsa discrètement de la salle, grimpa dans sa vieille voiture, toujours vaillante, et roula vers la maison dans les marais. De chaque côté de la route l'eau avait envahi les prairies. Dans peu de temps, si la pluie persistait, elle serait interdite à la circulation. Les arbres émergeaient, refuge de quelques oiseaux des champs tandis que des mouettes naviguaient à la recherche de nourriture. Un peu plus loin, un héron pataugeait et de temps à autre plongeait le bec dans l'eau saumâtre.
Charles retrouva Emma, sa femme, qui l'attendait pour déjeuner. Emma avait su donner à la demeure une atmosphère chaleureuse, qui comblait un isolement parfois pesant pour les deux époux. Achetée deux ans plus tôt, ce n'avait pas été facile de lui redonner vie, à côté d'un cimetière qui avait fait fuir plus d'un candidat à l'achat. Mais, des voisins aussi discrets convenaient très bien au couple, lassé de la vie parisienne, de ses bruits et des nombreuses promiscuités. La cheminée normande, pourvue d'un très bel encadrement en bois, apportait une chaleur bienfaisante. Emma savait si bien donner une âme au feu de bois, sous l'œil attentif du chat Titus qui s'emparait du fauteuil le plus proche pour s'y pelotonner. Des volets, épris de liberté, avaient permis à Charles de découvrir les joies du ciment prompt pour sceller des gonds entichés d'indépendance. Et ensuite, sous le regard inquiet des choucas, il était devenu couvreur pour replacer des ardoises sur le toit du garage. Au grand soulagement des oiseaux il s'était abstenu d'imiter Icare. Enfin, sous le ciel bas et pluvieux normand, ses ailes auraient eu bien du mal à fondre !

Emma s'enquit des dernières nouvelles et esquissa un mystérieux sourire en apprenant la visite indésirable du musée.
— Elle n'avait pas mis d'alarme ?
— Si, il y a une alarme. Elle l'avait peut-être oubliée... Mais, dans ce coin, en pleine nuit de tempête, il ne va venir personne et la facture de la société de surveillance arrivera avant l'intervenant...
— Tu dois aller voir ? Et son ami, il ne peut pas y aller ?
— Il est parti voir un match de foot à Rennes et puis ce n'est pas trop son domaine...
— Tu ne vas pas t'arrêter un jour d'essayer de sauver le monde ?
— Ça ne me coûte rien de lui rendre service. Quand tu appelles quelqu'un ici, tu es sûre que personne ne viendra.
— Sauf toi...

Lorsque Charles se gara sur le parking, son attention fut attirée par un petit morceau de papier blanc traînant sur le sol, coincé au pied d'un arbuste sauvage. Après avoir fermé la voiture il se baissa pour ramasser le détritus. Il s'agissait d'un reçu de péage, trempé par la pluie mais encore lisible, portant la mention de Dozulé, sur l'autoroute entre Caen et Rouen. La date et l'heure de passage étaient lisibles, pour un montant de trois euros et soixante dix centimes, TTC...
Un grand sourire éclaira le visage de Mary lorsqu'elle vit Charles devant la porte vitrée. Elle lui fit signe d'entrer. Préoccupé par sa découverte, il lui demanda si elle avait utilisé l'autoroute au retour de Rouen.
— Non, pourquoi cette question ?
— Avez-vous eu des visiteurs avant l'intrusion ?
— Pas un chat, hélas...
— Et après ?

— Ni chat ni souris...

— Un visiteur certainement. Regardez ce reçu de péage, la date et l'heure pourraient correspondre à la visite nocturne ici. Le ticket se sera envolé lorsqu'il aura ouvert la portière, il y avait de la tempête cette nuit là, beaucoup de vent.

— Le vent l'a peut-être amené de loin, tout le monde ne garde pas les reçus...

— Lui si...

— Pourquoi ?

— Pour sa note de frais...Enfin c'est une possibilité, je ne peux pas être affirmatif.

Intriguée, Mary se risqua à poser la question ...

— Selon vous, alors il serait venu de loin pour visiter ?

— C'est une hypothèse qui ne peut être écartée. Surtout s'il n'a rien pris. S'il vous plaît, montrez-moi où vous pensez qu'il a cherché... à part les bonbons...

Charles suivit Mary au fond du hall d'exposition. Il ne put s'empêcher d'admirer sa démarche souple et légère, fine panthère noire, vêtue d'un jean légèrement moulant. Elle fit pivoter un grand panneau et ouvrit un placard caché dans le mur. Un imposant bric-à-brac occupait les étagères, masque à gaz, une mallette contenant un émetteur-récepteur utilisé par les agents infiltrés, des notices en anglais, des piles de documents, en allemand, anglais, français, courriers, journaux d'époque du débarquement.

— Je n'ai pas eu le temps de mettre tout en place, s'excusat-elle. J'ai récupéré la mallette dans une ferme, la semaine dernière. Le paysan m'a dit que pour avoir la mallette je devais le débarrasser de tous les documents avant qu'il fasse tout brûler et que j'avais de la chance...

— Et alors ?

— J'ai tout ramené... J'ai encore une pleine caisse non ouverte.
Sur l'étagère centrale, elle lui montra une haute pile de papiers jaunis, parfaitement alignés.
— Le visiteur a regardé au moins cette pile... Je n'avais pas eu le temps de voir ce qu'il y avait dedans.
— À quoi le voyez-vous ?
— C'est simple...Une petite araignée avait commencé à y tisser sa toile et elle n'y est plus !
— Imparable ! Je peux regarder ?
Mary acquiesça, curieuse. Charles inspecta l'étagère, prit la pile, la posa sur une vitrine horizontale avec précaution et commença à feuilleter. Il y avait de nombreux documents de la Wehrmacht. Des ordres de services, des états de rationnaires, des disponibilités de matériels, d'armements, de munitions... des plans de dispositifs de surveillance, des instructions du haut commandement, l'OKW. Des informations en or qu'auraient bien aimé posséder les Alliés avant de débarquer. Il s'arrêta soudain.
— Regardez Mary, ce document provient des archives militaires françaises, mais il est estampillé par l'*Auswärtiges Amt*... Il fait partie des dossiers secrets de l'État major général français ! Je crois me souvenir que le Ministère des Affaires Étrangères du Reich avait fait une publication des documents secrets trouvés dans des wagons à la Charité-sur-Loire. Le commandement voulait mettre les archives en sécurité et les avait expédiées par train vers le sud. Le train n'était jamais arrivé... sauf les documents dans les pattes de l'*Abwehr*[3].
Mary confirma. Il s'agissait bien d'une publication faite par le Ministère des Affaires Étrangères du Reich. Le dossier était épais.

---
[3] Service de renseignement de la Wehrmacht. Littéralement « Défense ».

— Je ne crois pas que c'était l'objet de la visite sinon il l'aurait pris... Regardez ceci, le papier a été froissé légèrement ! C'est l'émotion mal contrôlée d'avoir trouvé.

— Incroyable... Ahurissant...C'est ça qu'il devait chercher, murmura Mary.

— Comment a-t-il su que ça pouvait être ici ? Pourquoi a-t-il laissé cette trace ?

— Il a peut-être été dérangé ? Le temps lui manquait ? interrogea Mary.

La suite ne fit aucun doute pour Charles.

— Il a dû faire des photos pour exploiter le tout et il va revenir. Il ne savait pas si vous aviez la connaissance du contenu et il a préféré rester discret, sauf pour les bonbons. On doit absolument interroger le fermier qui s'est débarrassé de tout ça en vous faisant croire qu'il vous faisait un cadeau ! Sur le document il est fait mention de trois caisses. Combien en avez-vous ramenées ?

— Deux... Ce qui est dans le placard et celle qui est à ouvrir... Je ne pouvais pas savoir.

— Donc il en manque une...

— Oui... On parle d'un homme, nous disons « il », mais s'il s'agissait d'une femme ? murmura Mary, l'air étrange.

— Comment ça ?

Entre le pouce et l'index elle tenait un cheveu blond assez long.

— Et ça ?

Le téléphone sonna quelques secondes après, créant la surprise. Mary décrocha et fit l'annonce habituelle d'une voix douce.

— Musée de la guerre psychologique...

Il n'y eut aucune réponse, seul le bruit d'une respiration pendant cinq secondes environ suivi par la coupure de la communication. Le numéro d'appel était masqué.

Use-tu de ruse,
Ô belle muse,
Je te devine,
Tu es divine,
J'écris ton nom,
Et ton prénom,
Sur cette ligne,
Tu es maligne,
Il est discret,
C'est mon secret.

Chapitre II

Le secret des haies

Emma avait préparé un dîner simple, composé d'un potage maison et de légumes agrémentés de pomme de terre cuite à l'eau. Une tarte aux pommes, confectionnée dans l'après-midi, serait un dessert agréable. Elle attendait Charles avec impatience, n'aimant pas le savoir sur les routes. Au cours des années passées, il avait été absent tellement souvent, courant par monts et par vaux, sans qu'elle sache véritablement à quelles activités il se livrait parfois. Des documents d'origine plus ou moins militaire, découverts par hasard, des confessions tardives, avaient éclairé Emma, peu à peu, sur une action secrète au service de son pays ; action passée sous silence pour la protéger. Le tic-tac régulier de la grande horloge se voulait apaisant. Le feu brûlait dans la cheminée en crépitant, répandant une chaleur agréable dans la pièce. Lové dans son fauteuil préféré, le chat Titus semblait sourire en pétrissant son coussin. Il ne rêvait plus de chasse endiablée, de poursuite de mulot ou de souris famélique. Titus, déjà âgé, savourait simplement ce moment de bonheur à nul autre pareil, clignait des yeux pour s'assurer de la présence d'Emma et replongeait dans un monde interdit aux humains. Emma lisait distraitement une revue et commençait à s'impatienter vraiment quand des phares éclairèrent l'entrée du jardin. Elle entendit le crissement des pneus sur les graviers et, quelques minutes plus tard, Charles fit une entrée discrète.

— Colombo a-t-il résolu l'énigme ? s'enquit la maîtresse des lieux.

Charles prit son temps, légèrement agacé par la référence à l'inspecteur qui, lui, trouvait toujours la solution. Il s'assit dans le fauteuil libre, près de l'âtre. En peu de mots il lui raconta ce qu'il avait trouvé avec Mary.

— Il ne faut en parler à personne, tu n'as pas à te mêler de ça, c'est son problème, pas le tien... commenta-t-elle.

Un long silence suivit. Charles se retint. Il sentait renaître une sourde jalousie, puis brusquement Emma se ravisa.

— Tu cherchais un sujet pour ton prochain roman... C'est tout trouvé ! Prends-moi quand même une solide assurance-vie, c'est plus prudent. Je crois qu'elle devrait de suite remplacer les serrures. Il y a assez de systèmes de sécurité, tu me l'as dit toi-même.

— Excellente suggestion.

Emma souriait, goguenarde, en regardant Charles.

— Pour le serrurier, je suppose que son ami n'a guère de compétence pour ça ! Heureusement que tu pourras l'aider... Tu t'y connais en serrures...

Dans le foyer, une bûche laissait parfois entendre une brève plainte, un étrange gémissement, et glissait lentement sur les chenets. La pile de bois s'affaissait un peu, laissant de vives petites braises s'en échapper et venir se coller à la grille de protection. Elles émettaient des fugaces claquements secs et Titus ouvrait un œil pour évaluer le danger puis, rassuré, il partait à nouveau vers ses horizons lointains.

Après le repas, pris dans la cuisine, Emma et Charles retrouvèrent leur place auprès du foyer. Attentionné il présenta une liqueur à son épouse et se racla la gorge, prudemment.

— Avec Mary, nous irons voir le fermier qui s'est débarrassé de ce matériel en lui laissant croire qu'elle faisait une affaire...

— Combien a-t-elle payé ?

— Cinquante euros, car elle tenait beaucoup à avoir la mallette contenant l'émetteur-récepteur.

— Ça me semble correct... Ça fonctionne ?

— Il faudrait que je vérifie... Il y a sûrement quelques condensateurs desséchés...Mais les quartz sont bien là, avec le manipulateur morse. Ça me fait drôle de penser qu'un gars venu d'Angleterre ou d'ailleurs l'ait utilisé en se cachant des Allemands. Il a risqué sa vie pour passer des messages le plus rapidement possible et disparaître aussi vite. Pendant ce temps, d'autres des deux camps fricotaient ensemble pour sauver leurs richesses et les mettre à l'abri pour des jours meilleurs.

— Il y aura toujours des gens à qui les guerres profitent... C'est aussi pour ça qu'il y a des guerres. Charles, le cheveu ne prouve pas que c'est une blonde qui a fait la visite. Il a pu être perdu avant, il y a eu beaucoup de visites en été.

— Elle fait parfois le ménage.

— Méfie-toi, elle aussi. Je crains qu'il y en ait d'autres qui veulent faire le ménage, même après si longtemps !

— Peut-être... Ça reste à voir. Emma, tu m'avais promis de traduire mon dernier livre pour l'éditrice...

— J'ai commencé...

— Et ?

— J'ai traduit le titre...

Charles eut beaucoup de mal à s'endormir. Plus de soixante-dix ans après le plus grand débarquement militaire de l'histoire sur les côtes normandes, le 6 juin 1944, alors que tous les secrets semblaient ne plus en être, des documents retrouvés au fond d'une ferme normande, perdue dans le Cotentin, attisaient la curiosité d'une personne inconnue. Charles ne comprenait pas qu'une intrusion presque réussie ait été gâchée par le prélèvement de quelques bonbons à la menthe. Simple gourmandise ? Manque de sucre soudain ? Acte volontaire ? Pourquoi la personne avait-elle laissé le document clef alors qu'elle pouvait s'en emparer, le faire disparaître sans que nul n'en sache rien. À moins que ce ne fut pas l'objet de la visite ?

Maintenant, lui savait qu'il faudrait chercher plus loin. Qui était venu dans le musée ? Il y avait un danger à écarter. Il pourrait aider Mary, soucieuse de comprendre la face cachée de l'histoire. Il n'aurait pas pu supporter qu'il puisse lui arriver un malheur ou quelque chose de désagréable. Et bien sûr Emma saurait lui soutirer les informations en échange d'un peu de liberté de manœuvre... Quelles que soient les technologies, les époques, dès qu'il s'agissait de pouvoir ou d'argent, les gens avaient les mêmes constantes, les mêmes comportements, et la vie de millions de personnes ne valaient plus rien. Charles se souvint d'avoir lu que 1 % de la population détenait 82 % de la richesse mondiale. Comme leurs prédécesseurs, ceux-là ne seront jamais prêts à se laisser dépouiller par « les autres ». Il lui sembla qu'il tenait une infime partie de la réponse.

Alors qu'il se préparait à partir pour rejoindre Mary afin de visiter le fermier, le téléphone portable se mit à vibrer. Le numéro était inconnu, ce qui n'était pas fréquent. Il ne décrocha pas se promettant de tenter son identification au retour. Il éteignit l'appareil de toutes les trahisons...

Le rendez-vous avait lieu sur un parking d'une petite ville proche. Mary redoutait que son ami découvre son escapade avec Charles, malgré un prétexte des plus plausibles. Selon ses recommandations elle avait éteint son téléphone portable. Arrivée en avance, en vérifiant si elle n'avait pas été suivie, elle scrutait attentivement tous les véhicules qui entraient et sortaient de la place. Une pluie fine recouvrait le pare-brise, la buée se déposait sur les vitres, gênant la visibilité. De temps à autre, elle l'essuyait en passant la main sur le pare-brise, activait l'essuie-glace et sentait une légère inquiétude grandir en elle. « Et s'il ne venait pas », se dit-elle, quand un petit coup frappé à la vitre du passager la fit sursauter. Pendant une fraction de seconde, semblable à une éternité, elle redouta de voir apparaître Paul, son compagnon. Dans l'encadrement de la vitre Charles était là, à son grand soulagement. Il s'installa, laissant pénétrer un souffle d'air froid et humide dans l'habitacle. Délivrée, Mary se tourna vers lui et ne put retenir un tendre sourire. Elle le trouvait rassurant, toujours prêt à l'aider. Elle regrettait beaucoup qu'il ait quelques années de plus. Charles la trouva pâle et s'en émut.

— Vous n'avez pas été suivie, lui dit-il, espérant la rassurer.
— Vous m'avez surveillée ?
— Pas surveillée. Je voulais être certain, c'est tout. Avez-vous éteint votre portable ?
— J'ai suivi vos recommandations, monsieur Bond...

Mary démarra et, à la sortie de la ville, s'engagea sur la N 13 en direction de Sainte-Mère-Église. Elle conduisait prudemment, attentive, puis après quelques minutes, elle rompit le silence.

— On a peut-être mis un micro espion dans le bureau ?
— Vous avez raison, il faudra vérifier, ça peut être long.
— Il y a peut-être une autre raison pour la visite...

— À quoi pensez-vous, Mary ?
— Quand les Allemands ont occupé la Normandie, il y a eu des amours secrètes, des naissances cachées.
— Un fils chercherait son père ou sa mère ? Un petit fils ou une petite fille son grand père ou sa grand-mère ? Une belle souris grise ?
Le silence s'instaura à nouveau. Il y avait une nouvelle possibilité mais, pourquoi venir chercher dans un musée qui n'avait rien de secret alors qu'il existait des archives donnant la position et les mouvements des différentes divisions qui avaient foulé le sol normand entre 1940 et 1944. Surtout, comment deviner qu'il puisse s'y trouver l'objet possible d'une recherche ? Les archives départementales étaient aussi accessibles par Internet, sans risque. Il fit part à Mary de ses interrogations.
— Ce qui n'est pas accessible par Internet, c'est le secret des haies...monsieur James !

Avant Sainte-Mère, Mary quitta la nationale et rejoignit le centre-ville. Elle s'engagea ensuite sur la D 15 en direction de l'est, puis après quelques kilomètres elle bifurqua vers le nord et prit un chemin de campagne. Un grand corps de bâtiment apparut dans la brume et Mary freina brusquement. Il n'y avait personne derrière.
— J'avais regardé derrière moi, Charles... C'est là, entrons dans la cour de ferme.
L'ensemble paraissait cossu. Un énorme tracteur, attelé d'une remorque non moins impressionnante, était garé devant un hangar semblant neuf. Des engins servant au ramassage du maïs, une botteleuse, étaient garés en face. Le bâtiment d'habitation avait un aspect de belle facture et Charles,

s'improvisant agent immobilier pour l'occasion, ne put s'empêcher de commenter.
— Beaux volumes, maison de charme,
— Avec vue sur la mer, compléta Mary.
— Ça ne sent pas la misère. Attention, voilà les chiens ! On se risque à descendre ?

Il ne fut pas nécessaire d'attendre une réponse ou d'opérer une sortie périlleuse. Un coup de sifflet strident fit repartir les chiens en sens inverse. Un homme, âgé d'une soixantaine d'années, s'approchait avec précaution de la voiture.

— Ah, c'est vous, s'exclama-t-il soulagé, en voyant Mary sortir du véhicule.
— Oui, comment allez-vous monsieur Lucien ?

Après que Charles se fut présenté, une aimable conversation s'engagea, portant sur la pluie, le niveau de la nappe phréatique, le ramassage et le séchage du maïs et puis l'hiver à venir ! L'homme invita les visiteurs à se mettre à l'abri sous le hangar.

Mary expliqua ce qui s'était passé, la visite nocturne du musée qu'elle estimait liée à la présence des papiers.

— J'ai bien compris, allons à la maison, déclara le maître des lieux.

Il fit asseoir les visiteurs à la grande table en chêne et, tranquillement, il sortit des verres et une bouteille de Calvados poussiéreuse d'une armoire magnifiquement ouvragée. Il était taiseux, le regard légèrement soupçonneux, se demandant quels possibles ennuis allaient lui amener cette femme et son compagnon plus âgé. Il n'arrivait pas à situer l'homme, retraité sans doute, ancien flic plus vraisemblablement, probablement pas truand, enfin, de nos jours, allez savoir... Pendant qu'il tournait le dos, Mary attira l'attention de son compagnon sur l'armoire en murmurant « c'est la plus belle armoire normande que j'ai jamais vue ».

Après avoir rempli les verres, Lucien s'assit et se racla la gorge.

— Vous m'en direz des nouvelles... Goûtez...

L'alcool n'avait rien à voir avec celui qui était vendu au super marché du coin !

— Fameux, confirma Charles en plissant des yeux.

Mary toussota...

— Un peu fort...

L'homme regarda Mary attentivement.

— Madame Mary, vous avez un très beau musée, c'est pour ça que je vous avais proposé le matériel plutôt qu'à d'autres et je suis désolé de ce qui vous est arrivé. C'est peut-être une coïncidence ?

— Non, nous sommes certains que c'est lié aux documents. Comment cette documentation de la Wehrmacht est-elle arrivée chez vous ? intervint Charles.

— Mon père ou mon grand-père auraient peut-être pu vous le dire mais ils sont morts...et moi je suis né en 1950.

— Quand vous étiez enfant, vous n'auriez pas entendu une conversation, des mots ?

— Vous savez, monsieur, ici les gens ne parlent pas. Si j'avais entendu quelque chose je ne m'en serais pas vanté... J'avais juste un peu regardé dans la première, mais je ne comprends pas l'allemand, alors j'ai vite refermé. C'est le passé tout ça, des mauvais souvenirs, j'ai autre chose à faire et j'ai pensé que ça serait plus utile au musée qu'à la ferme...

— Je comprends bien... C'est très bien, ce que vous avez fait. Si jamais vous vous souveniez de quelque chose, vous pourriez le dire à Madame ?

— Bien sûr...

D'un regard discret, Charles fit comprendre à Mary qu'ils devaient partir. Elle parvint cependant à cacher son interrogation mêlée de surprise. Ils se levèrent, Charles commença à remercier chaleureusement son hôte, puis brusquement...

— J'oubliais de vous dire... Si jamais il arrivait quelque chose de fâcheux, avec ce que nous avons trouvé, il y aurait une enquête, mais il n'y aurait pas que la gendarmerie à venir vous voir... Ça concerne aussi la sécurité militaire, la Direction du Renseignement et de la Sécurité de la Défense[4]... Ils sont moins drôles...

Un silence pesant s'installa pendant quelques secondes.

— Asseyez-vous ! Je ne veux pas d'ennuis et tout ça ne m'intéresse pas.

Lucien reprit son souffle. Il remplit généreusement les verres, regarda ses visiteurs puis se décida finalement à parler.

— C'est vieux. Les anciens parlaient, c'est vrai. Nous, les gamins on n'avait rien à dire, on se taisait, assis au coin du feu...C'est vrai, on écoutait et ils n'étaient pas très discrets, surtout après avoir arrosé un peu trop... Certains se vantaient, mais on savait bien qu'ils avaient attendu la fin pour sortir, surtout ceux qui avaient manié les ciseaux pour tondre les malheureuses. C'est sûr, y a encore beaucoup de secrets derrière les haies !

Le fermier entreprit un long récit. Mary et Charles l'écoutaient attentivement, hochant parfois la tête en signe d'approbation et d'encouragement. Enfin, Lucien se tut et regarda Charles, puis Mary, craignant une réaction négative.

— Ce que je vous ai raconté, c'est confidentiel... Je me ferai tuer si quelqu'un savait. Mais j'ai l'impression que vous

---

[4] DRSD, ex DPSD

savez garder des secrets, n'est-ce pas ? Vous me direz si vous trouvez quelque chose ?
— Ne vous inquiétez pas. Nous sommes des tombes... On commence à mieux comprendre. On vous tiendra au courant si on arrive à éclaircir la situation. Promis.
Après un dernier verre, généreusement rempli, qu'ils ne purent refuser, ils remercièrent à nouveau leur hôte et prirent congé.

Une fois installés dans la voiture, Charles se pencha vers Mary et lui murmura quelques mots à l'oreille.
— Tu es drôlement gonflé ! s'exclama Mary en riant, eau vive au parfum de printemps.
Elle le tutoyait... Le calvados aurait-il fait son effet ?
— Pas du tout. Il avait envie de parler, il fallait juste le pousser un peu... Vous ne voulez pas que je conduise ?

Il a bon dos,
Le calvados,
Ses promesses,
Et ses ivresses,
Pour son sourire,
Et pour son rire,
Pour son plaisir,
Il crut mourir.

Chapitre III

Le récit de Lucien

Emma écouta le récit succinct du fermier Lucien avec attention. Charles se tut enfin. Le chat Titus l'observait en relevant une paupière puis il décida qu'il en savait assez et ferma les yeux.

— Charles, personne ne peut dire ce qu'il aurait fait dans de telles circonstances. Je pense qu'il faudrait réexaminer tous les documents qu'elle avait ramenés de chez lui. Tu m'as dit qu'il y avait une caisse non ouverte ?

— C'est exact. Elle est volumineuse, m'a-t-elle dit. Je dois d'abord revérifier l'informatique et savoir, avec un peu de chance, s'il y a eu une intrusion, un logiciel espion.

Emma réfléchissait.

— C'est étrange, il y avait quelque chose de plus qu'une histoire d'amour entre le *Feldwebel* et la tante Lucette. Je trouve bizarre aussi les visites du colonel à un sous-officier. Ils étaient peut-être parents ? Avaient-ils un plan, comme le vent était en train de tourner pour l'armée allemande ? Tu devrais chercher de ce côté...

— Je dois réfléchir, écouter à nouveau ce qu'il a dit...

— Tu l'as enregistré ? Tu es gonflé ! C'est interdit d'enregistrer les gens sans leur accord...

— Il s'est mis à parler si vite que si je lui avais demandé l'autorisation, il n'aurait plus rien dit. De toute façon ce n'est pas tourné contre lui. Ça ne sortira nulle part. Au contraire, en cas de problèmes, ça pourrait le protéger.

— Je te propose que l'on mette tout par écrit, ce sera plus simple pour l'avenir.

Emma prit une pile de feuilles et un stylo pour consigner l'enregistrement. Charles pilota l'enregistreur miniature, l'arrêtant et le redémarrant au fur et à mesure qu'Emma écrivait.

Récit du fermier Lucien

« Quand les Allemands sont arrivés, ils ont commencé à réquisitionner. C'est dans toutes les guerres, les soldats vivent sur l'habitant. Il a fallu les loger, les nourrir... Nourrir les chevaux, leur donner les terres pour ça, le foin... En quarante ils étaient difficiles, exigeants, c'était les troupes qui avaient combattu, puis il y a eu les ordres du commandement qui voulait que ça se passe bien avec la population. C'est vrai, il y avait les bulletins de réquisition pour se faire payer à la Kommandantur, un tarif pour les logements, enfin je ne sais plus combien, c'est loin. Ils ont même aidé pour les moissons ! Dans la troupe, il y avait beaucoup de paysans, comme nous... Bah, c'est comme partout, y a des braves gars et puis d'autres non. Et puis en groupe les gens ne sont pas toujours corrects, c'est la loi du vainqueur ! Après, vers le printemps quarante et un, enfin c'est ce qu'on a entendu, c'était un peu mieux, il y avait des soldats plus âgés, des pères de famille, beaucoup avaient fait des études, étaient avocats, instituteurs, certains

francophiles. Je me souviens que mon père disait du grand-père « Tu parles allemand, essaie de savoir ce qu'ils préparent... ». Enfin le grand père baragouinait...Il avait été fait prisonnier dans la Somme et avait appris quelques mots en camp.
- Pause de Lucien. Reprise -
Ah, oui...Il y a eu le front de l'est, Stalingrad... à partir de ce moment ils sont devenus plus nombreux. Il y avait ceux qui revenaient du front russe pour se refaire une santé, remettre en état les matériels restants[5]...
- Silence de Lucien -
- Question de Mary : Comment ça se passait, ici, à la ferme ?

Ils logeaient des soldats, là-bas, dans un bâtiment du fond et dans la pièce au-dessus, il y avait un officier, un Hauptmann. Puis c'est resté vide pendant un temps, c'est ce qu'ils disaient, parce qu'ils n'étaient pas payés par la Kommandantur...l'argent devait manquer.
- Nouveau silence -
- Question de Charles : Votre père et grand-père savaient à quelles unités ils appartenaient ? Avaient-ils des contacts avec les résistants ?

C'est autre chose...Pour les unités ils devaient le savoir puisqu'ils allaient à la kommandantur pour les bons, se faire payer, enfin en se demandant s'ils allaient en ressortir. Nous les gamins on ne comprenait pas toujours bien, ce n'est que plus tard... que j'ai commencé à comprendre. Ils ont caché cet Anglais qui a disparu en laissant la mallette. Je ne sais pas ce qui lui est arrivé et les anciens n'ont jamais parlé. Je crois

---

[5] Durant l'hiver 1942 – 1943 la présence allemande est forte en Basse-Normandie, avec huit divisions en décembre 1942., environ 15 000 à 18 000 personnes par division à l'époque.

qu'ils l'ont fait repartir en Angleterre une nuit, par la mer. Il n'y a jamais eu de nouvelles. La sœur de mon père, Lucette, avait appris l'anglais et elle connaissait un peu l'allemand. Elle avait trente quatre ans. Il paraît qu'elle était très jolie, plutôt une fille de la ville, si vous voyez ce que je veux dire...Il y a encore des photos.
- Un long silence pendant lequel Charles et Mary se demandèrent si Lucien allait s'arrêter là .
Oui, elle a aidé l'Anglais, ça c'est certain. Elle partait souvent avec le vélo. C'était risqué, mais elle devait charmer les soldats de la Wehrmacht...Il s'appelait Peter. Je n'en sais pas plus... Est-ce qu'il y a eu quelque chose entre eux, je n'en sais rien. Peu après, d'après ce qu'on a entendu, il y a eu Werner...le Feldwebel, un adjudant, un chic type, qui a logé au fond, au printemps quarante-quatre, avant le débarquement. Lucette a dû essayer de lui soutirer des informations, vous voyez comment... Puis il y a eu le débarquement du 6 juin. Ils ont cru que le ciel leur tombait sur la tête ! Avant il y avait eu les bombardements... Terribles ! Werner, personne ne sait ce qu'il est devenu, mort ? Prisonnier ? Vivant ? Toujours est-il qu'en décembre il y a eu le bébé à Lucette et là c'était bien la réalité ! Je n'en dirai pas plus.
- Silence de Lucien -
- Question de Charles : Et les caisses, vous pensez que Werner aurait demandé à votre tante Lucette de les cacher ? Il aurait voulu les faire passer aux Anglais ?
- *Les nouvelles ne circulaient pas comme aujourd'hui, il n'y avait pas Internet et les réseaux sociaux. Plus tard, on a appris qu'il y avait aussi des résistants chez les Allemands, contre Hitler... Et puis on a su, beaucoup plus tard, pour l'attentat de juillet du comte Von Stauffenberg... Le maréchal Rommel venait inspecter le mur...Il a été forcé de se suicider. Il y avait*

aussi un colonel qui est venu voir plusieurs fois l'adjudant. Mon père s'en était bien souvenu, mais là... quand il venait, il ne se faisait pas remarquer ! Vous trouvez normal qu'un colonel, vienne faire des visites de courtoisie aussi fréquentes à un adjudant, surtout chez eux ? Ce n'était même pas prudent, avec la Gestapo qui rôdait et les collabos, sans parler des résistants.

- Question de Mary : De quelle couleur était son uniforme ? Vert ?

Non bleu, enfin je ne suis plus très sûr. Il devait être de la Luftwaffe. Peut-être un parent ? Un ami d'avant la guerre ?

- Question de Mary : Votre père ou votre grand-père ont-ils prononcé le nom de famille de Werner ? Et Lucette, elle vit encore ?

Lucette était née en 1910, elle serait plus que centenaire... Elle est morte en 1987. Quant au nom de Werner je serais incapable de vous le dire... Les caisses... je les ai trouvées dans les combles, derrière une double cloison. Ça m'intriguait depuis un bon moment, cette épaisseur qui masquait le conduit de cheminée sur tout le pignon nord. En cherchant à comprendre j'ai trouvé qu'il y avait un mécanisme secret qui ouvrait un panneau. Drôlement bien fait, sûrement le travail du grand-père qui était aussi menuisier. J'avais peur de trouver un cadavre...Il y avait des papiers de familles, des choses de la guerre de 1870. Je n'ai pas trouvé de trésor ! Il n'y avait que deux caisses, pas trois... avec la mallette. Ils étaient peut-être arrivés à faire partir une caisse ? Après, il y a un mois, en creusant pour aménager le sol, où il y avait le foin, pour garer les engins agricoles, le détecteur de métaux avait sonné comme un malade. On a toujours peur qu'il reste encore une bombe non explosée. Sacrée surprise ! À un mètre environ sous le sol, il y avait des armes que j'ai remises à la gendarmerie. En tout cas, si c'est Lucette qui l'a fait, elle avait bien emballé le matériel. À mon avis, elle n'avait pas pu le faire toute seule...avec les armes graissées, des munitions, prêtes à l'emploi, il faut connaître. Le grand père et mon père avaient dû aider. Je vais vous dire...Ils avaient dû prendre ça aux Allemands, il y en avait partout après les combats. Il y avait eu des attaques de la Résistance et il y avait aussi deux Sten. Si les Allemands avaient trouvé les armes, ils auraient été fusillés ! Ça ne rigolait pas non plus avec les sites des V1 dans le nord ! Après ils ont dû avoir peur que les Américains trouvent ce matériel quand ils ont débarqué ; ils auraient été accusés de collaboration. À mon avis, ils n'ont pas eu le temps de faire passer tout ça en Angleterre. C'est dommage, ça aurait peut-être pu les aider ? Le secteur était très surveillé. Je vais quand même vous dire quelque chose qui va peut-être vous choquer. Pour les cérémonies, les anniversaires, il ne s'est pratiquement rien passé, pendant quarante ans après la libération. Il y avait eu trop de morts, de blessés, de dégâts par les bombardements. Les gens se taisaient. Ça a commencé à partir de 1984. Aujourd'hui on fête les Américains, les libérateurs, parce qu'il s'est passé plus de soixante dix ans, mais quand ils sont arrivés ça n'a pas été toujours parfait. Il faut chercher...dans l'ensemble les Allemands étaient corrects....J'ai aussi entendu dire ça.

Question de Mary : *Lucette, elle appartenait à un réseau de résistance ?*

Oui. Mais ça s'est mal passé à la libération...Le bébé est né en décembre ; Il y avait eu de la vengeance dès l'été. Imaginez, avant qu'elle puisse avoir des témoignages en sa faveur, des résistants étaient morts, déportés, ils ne pouvaient pas témoigner. Et puis, certains savaient pour l'enfant, « le fils de Boche », *qu'ils disaient ! C'était peut-être celui de l'Anglais, allez savoir... Il y avait la haine à ce moment.*

Question de Mary : Que s'est-il passé ?

Elle est restée cachée et elle a réussi à fuir avant d'être tondue ou pire. Les résistants, surtout ceux de la dernière heure, ils traquaient la collaboration horizontale...Fallait bien se justifier. C'était moins cinq ! Elle ne pouvait plus rester là. Avec mon père fallait pas approcher, il aurait tiré dans le tas, les gars le savaient.

Question de Charles : Où est-elle parti ?

Il y avait une cousine éloignée qui vivait en Auvergne. On disait qu'elle aurait pu aller la rejoindre mais, ce sont des « On dit »...C'était le secret de famille, interdit d'en parler.

Question de Mary : Et vous n'en savez pas plus ? L'enfant, il vit encore ?

Oui...

Question de Charles : Êtes-vous en contact avec lui ? Où vit-il ?

On n'a pas de contact...Il était militaire, dans les transmissions. Je sais qu'il vit en Auvergne, c'est tout...C'est grand, l'Auvergne.

Question de Charles : Qui était au courant pour les caisses ? Quelqu'un vous a vu en train de les sortir ?

J'avais eu des coups de téléphone anormaux... Un soi-disant journaliste qui faisait des recherches pour un journal allemand. Une connaissance qui parle bien allemand a vérifié, mais au journal il n'y avait personne de ce nom... Je ne peux pas dire si j'ai été surveillé ou non. Vous savez, avec les engins modernes, on peut voir de loin ! Même écouter et enregistrer. Je n'en sais pas plus. Ça reste entre nous, c'est juste pour vous aider...

Fin de l'enregistrement.

Le silence envahit la pièce où seul le feu de bois laissait entendre un crépitement réconfortant, accompagné du ronronnement de Titus.

— Comment pouvait-il savoir qu'il y aurait dû y avoir trois caisses ? s'enquit Emma.

— Étrange, en effet. C'est écrit dans le document provenant de la première caisse, mais nous ne lui avions rien dit. Il l'avait peut-être entendu dire par son père ou le grand-père. Ils n'étaient pas très prudents, surtout quand ils avaient bu. Je voudrais juste te préciser une chose. Selon les conventions d'armistice de juin 1940, c'était à l'État français de prendre les frais d'occupation en charge et de rembourser les réquisitions faites par l'armée allemande, quand elle ne payait pas.

— Charles, ça se complique... Nous avons un document que tu penses être l'objet de la visite. Il provient du matériel caché à la ferme et remis au musée. Mais... Nous apprenons que Lucette était proche d'un agent anglais qui avait opéré en secret à la ferme et qu'elle l'avait été ensuite de l'adjudant allemand. De ces proximités est né un enfant qui doit avoir soixante treize ans et vit en Auvergne... Après tout ce temps, chercherait-il à savoir qui est son père, si sa mère ne le lui avait rien dit ? Un faux journaliste allemand s'est manifesté. Est-ce quelqu'un recherchant un fait de guerre ou une personne cherchant un ascendant ou une parenté de sa famille, côté français ? Dans ce cas, pourquoi ne pas être plus direct ? Comment cette personne est-elle passé de la ferme au musée ? Avait-elle des informations sur la présence des caisses, de leur contenu ? Comment a-t-elle su qu'elles étaient parties au musée ?

— Nous en sommes bien là, madame l'enquêtrice. Il y a à Fribourg-en-Brisgau les archives militaires de l'armée allemande. Les militaires aiment bien documenter tout ce qu'ils font. Il a dû chercher là-bas en premier, ce qui l'a conduit en Normandie.

— Charles, il faut savoir ce qu'il y a dans l'autre caisse, enfin dans tout ce bazar. Tu vas me trouver bizarre... C'est comme un flash... Et si quelqu'un recherchait un trésor de guerre ?

— Je te répondrais qu'il manque une caisse !

Emma surprenait toujours Charles par ses intuitions. Fille des Flandres, elle avait grandi bien loin de ces terres occitanes, gorgées de soleil et du chant des cigales où était né Charles. Enfant, la tête plongée dans un Atlas, il avait longuement rêvé de ces mornes plaines submergées de brumes, où les diables noirs en pierre des cathédrales accrochaient les nuages, où le ciel se noyait dans le gris de la mer. Il imaginait les canaux gelés en hiver sur lesquels glissaient des nuées d'enfants, en riant et en criant. Il voyait un canal filer entre les dunes, se perdre au soleil couchant, et rejoindre un port nimbé de mystère, Gand, Bruges, Anvers, Amsterdam. Des bateaux arrivaient de la terre entière pour décharger des cargaisons mystérieuses, chargées des parfums du bout du monde. Alors la rêverie l'entraînait plus loin encore, jusqu'à Hambourg, le port de la ligue hanséatique, *die Hanse,* richesse de la Baltique pendant des siècles. Un jour il irait sur ces terres lointaines, il en était certain ; les enfants ont besoin de rêver, de créer leur monde et parfois, une simple coque de noix posée sur l'eau du lavoir le conduisait vers ces univers à découvrir. L'odeur de l'eau, mêlée au parfum des tilleuls proches, s'était ancré en lui, comme cette fontaine d'eau vive qui remplissait le bassin. Il lui semblait qu'elle durerait toujours, qu'elle ne pourrait jamais tarir. Il entendrait ses notes claires toute sa vie, enfin il le pensait, sans se douter qu'un jour lointain le rire clair de Mary lui rappellerait ce souvenir enfoui. Mary, elle était entrée dans sa vie alors que l'automne en avait éteint le goût du printemps. Mary, elle était eau vive, et il s'y était brûlé. Le hasard, cet avatar du destin, l'avait placée sur son chemin. Contrairement à ce qui est couramment affirmé ce chemin ne conduisait pas à Rome mais à Damas. Mary était une belle personne ; comment ne pas s'y attacher.

Maintenant, ce qui inquiétait Charles, c'était la sécurité de Mary. Il était certain que Lucien n'avait pas dit tout ce qu'il savait. Il trouvait même que, pour quelqu'un de taiseux, comme les gens du coin, il avait beaucoup parlé.

Il sursauta et s'aperçut qu'il s'était assoupi. Seule une petite lampe sur pied, derrière la télévision éteinte, éclairait la pièce ; les flammes du foyer jetaient quelques éclairs et projetaient d'étranges ombres sur les murs. Il entendit le vent souffler en rafale au dehors et la pluie cingler les volets en bois avec rage. Emma s'était faite chatte et, blottie contre lui sur le grand fauteuil, elle ronronna...

— Charles, je t'ai un peu menti...

L'instant de douloureuses confidences serait-il venu ?

— À quel propos ?

— Pour la traduction. J'en suis plus loin que le titre. Ton héros a oublié sa mission, trahi et quitté l'Autriche pour se réfugier en Belgique, avec sa belle espionne russe et tu as écrit... C'est un peu cru, je trouve...

— Quoi ?

— Le plus dangereux pour un espion ce n'est pas de baiser mais de s'attacher...

Aimer un jour,
Aimer toujours,
Jamais oublier,
Pour elle prier.

Chapitre IV

La pince du KGB

La pluie ne cessa de tomber pendant toute la nuit. Le sol était détrempé et de larges flaques d'eau recouvraient le sol autour de la maison. Charles décida de prendre le chemin habituel, plus court, pour rejoindre Mary au musée. En arrivant à l'entrée de la route des marais une barrière en interdisait l'accès. Une étendue d'eau semblable à une mer intérieure recouvrait la totalité des prairies et la chaussée sur plusieurs hectares. Il ne restait plus qu'à faire demi-tour pour rejoindre le musée de la Guerre psychologique. Charles ne remarqua pas la voiture qui le suivait de loin, faisant demi-tour beaucoup plus rapidement. La route était déserte lorsqu'il repartit. La matinée s'annonçait calme et le ciel se dégageait lentement laissant percevoir parfois un rayon de soleil.

Mary afficha un grand sourire en apercevant Charles devant la porte vitrée. Elle semblait l'attendre.

— Mary, la prochaine fois je remplacerai l'ardoise au-dessus de la gouttière. Je vais d'abord vérifier s'il n'y a pas un micro caché.

Avec attention il inspecta les meubles, ouvrit le téléphone sous le regard inquiet de la maîtresse des lieux qui, une fois l'objet remonté, appela l'horloge parlante. Une voix monocorde répondit « dix heures cinquante-cinq secondes » ; ils se regardèrent et éclatèrent de rire, les larmes aux yeux. Après avoir vérifié les dessous de tiroirs et les compartiments, sans y croire, Charles passa la main sous le plan du bureau, endroit de prédilection trop connu pour y coller un micro. Il se pencha pour voir ce qu'il y avait et en retira un papier collant desséché.

— Regardez, quelque chose a été collé sous le bureau. Vous n'aviez rien remarqué ?

Mary se tut et après avoir réfléchi, elle déclara.

— Je n'avais jamais regardé dessous. C'est peut-être un collant du plastique d'emballage qui est resté ?

— Possible. Pardonnez moi de vous poser une question indiscrète. Est-ce qu'il lit vos courriels, vos SMS ?

— Il ne vous aime pas.

— C'est direct ! J'avais remarqué. Je ne vous l'avais jamais dit, pour ne pas vous inquiéter, mais après les arrestations les chefs ont trouvé que vous étiez sur la liste des cibles potentielles. C'est pour ça aussi que je ne vous ai jamais laissée tomber.

— Aussi ?

Tenu au silence, il ne pouvait lui dire ce qui s'était réellement passé et les conséquences. Il sentit l'énervement grandir en lui.

— Aussi… Vous savez très bien. Je ne vous ai jamais rien caché, mais il y a les mots que l'on ne peut pas dire.

Il avait l'impression qu'elle jouait avec lui. Il n'arrivait pas à percer ses sentiments réels. Elle ne se livrait pas, même si elle

semblait lui faire confiance et apprécier sa présence. Soudain il en eut assez. Qu'elle se débrouille sans lui.
— Désolé Mary, je dois partir, j'ai un rendez-vous.
— Vous êtes fâché ?
— Non, j'ai besoin de réfléchir. Je vous rappellerai.
Mary le regarda partir, tenant toujours le papier collant à la main, envahie par le doute.

Il prit la direction de Cherbourg et roula en silence. Un petit crachin se mit à tomber. Après avoir traversé la ville il continua vers le Cap de La Hague, dépassa les usines de traitement des déchets nucléaires. Une brume épaisse noya bientôt le paysage, il alluma les antibrouillards, remarqua que le gauche ne fonctionnait pas et se promit de le réparer en rentrant. Soudain il pensa à Emma et l'appela. Elle était contente de l'entendre et s'inquiéta de le savoir aussi loin. Il lui expliqua que l'envie de voir des lieux où il avait opéré jadis avait été trop forte, que pour cette raison il avait pris la route. Il lui promit de l'emmener voir le cap aux beaux jours, la lande fleurie, les maisons aux volets bleus et lui annonça qu'il rentrait.

Au retour, il s'enferma dans le bureau, alluma l'ordinateur et entreprit des opérations de nettoyage informatique. Le prétexte pour ne pas avoir à parler. Un bip l'avertit de l'arrivée d'un courriel. Intrigué il lut le dernier message. Il provenait de Marilyn, une amie très proche, doux euphémisme, qui avait supervisé les opérations auxquelles il avait participé l'année précédente. Elles avaient conduit à l'arrestation d'un djihadiste sur la côte et d'une femme, Sonia la Belge. Marilyn, partie travailler à Rome avec une agence privée italienne, après son départ en retraite d'un service français, lui envoyait parfois un message, un signe de vie. Marilyn, c'était la vie, la liberté, l'indépendance. Elle ne supportait pas longtemps ses rares compagnons, l'un d'eux ayant même fait l'expérience fâcheuse de ses talents en arts martiaux ! À la grande surprise de Charles, elle lui avait annoncé en début d'année, son mariage avec un industriel milanais, plus jeune qu'elle. Quelle ne fut pas sa stupéfaction quand il lut : « Je vais divorcer ». Paradoxalement elle lui restait fidèle, en pensée, au-delà des frontières, au-delà du temps qui gravait des rides sur les fronts. Il se dit qu'elle préférait les hommes plus âgés qu'elle... Elle.

Beaucoup plus tard, lors du débriefing qui suivit les événements, il reconnaîtra qu'à ce moment un indéfinissable soupçon l'avait effleuré.

Emma fut surprise car pendant une semaine il ne sortit pas de la maison, travaillant avec sérieux sur le nouveau roman. Parfois elle voyait une feuille de papier traverser la pièce, en boule ou sous forme d'aéronef, comme savaient les fabriquer les écoliers d'une époque révolue. Lors des moments de profonde inspiration, une fusée atterrissait sur la table d'Emma, déclenchant leurs rires. Les cocottes avaient peu de succès et finissaient dans le bac à papier. Lorsqu'il était plein, l'auteur, à bout de patience, le vidait et enfournait le tout dans le broyeur, « sécurité S 3 ». C'est-à-dire qu'il en faisait des confettis. Difficile de reconstituer un chef-d'oeuvre qu'il sentait déjà inabouti. La feuille blanche...

Mais Emma relançait la machine à noircir le papier ! Elle avançait dans la traduction, cherchant ses mots, riant parfois sur la proposition d'un traducteur en ligne, lors d'expressions très techniques. Les humains traducteurs-interprètes avaient encore de beaux jours devant eux !

Charles se préparait à éteindre le PC quand le vibreur du téléphone portable se manifesta. Il y avait un message de Mary :

« Pouvez-vous m'aider ? ».

Il répondit :
« Pour quoi ? »
« Mon ordinateur est bloqué… »
« Mary, il est tard, éteignez tout, rentrez chez vous. Je vous promets de venir demain matin ».
« Merci ».
— C'était qui ? demanda Emma.
— Mary, son ordi est bloqué…
— Et son bonhomme, il ne peut pas s'occuper d'elle ?
— Pour l'informatique, non. J'irai la voir demain matin.
— Tu pourrais t'occuper du mien, j'ai à nouveau de la pub !

La fin novembre approchait. Tardivement la nature changeait de couleur. Les teintes dorées coloraient les arbres et les fragiles feuilles d'or flottaient, tournoyaient, portées par un froid vent d'ouest, avant de rejoindre le tapis d'hiver posé au sol. Au musée, l'ardoise ébréchée près de la gouttière menaçait maintenant de se détacher. Charles interrogea Mary.
— Non, le couvreur n'est toujours pas venu, répondit Mary, le visage grave.
— Vous m'en voulez ?
— Non… Et vous ?
— Je ne veux pas vous perdre, répondit Charles inquiet.
Elle s'approcha de lui et arrêta son mouvement. Encore son fichu plafond de verre pensa Charles. Il mourrait d'envie de la serrer dans ses bras. En éprouvait-elle le désir secret ?
— Moi non plus…
— Occupons-nous de l'informatique. Demain je viendrai avec une échelle pliante et des ardoises.
Elle avait retrouvé le sourire. Plus tard, il regretta de n'avoir pas repris immédiatement sa recherche de micros espions.

Il brancha une clef USB équipée d'un puissant antivirus sur l'unité centrale de l'ordinateur et attendit que le système ait fini son travail. Le résultat indiqua l'éradication d'un troyen[6] de forte intensité qui bloquait l'initialisation. Charles fut surpris car ce n'était pas un code classique connu. L'écran normal apparut au grand soulagement de Mary.

— Je fais toutes les mises à jour comme vous me l'aviez montré, s'excusa-t-elle.

— Je n'en doute pas, il s'agit de quelque chose de très puissant. Je peux vérifier le reste ?

Il examina classiquement les journaux des événements, les fichiers « log ».

— Regardez, Mary il y a eu une ouverture du système la nuit de la visite à deux heures cinquante sept... Le passage au péage de Dozulé s'est fait à minuit trente ce qui correspond au temps de trajet approximatif pour venir chez vous, sans se faire flasher.

— En effet... Autre chose, docteur ?

— Oui... Vous faites vos traductions pour les labos sur ce PC ?

— Bien sûr que non. Sur mon vieux portable qui n'est plus connecté à Internet. Quelqu'un vient chercher mon travail... Quelqu'un de sûr. De toute façon tout est crypté pour le transport. J'envoie les clefs après. C'est vous qui m'aviez dit comment faire...

— Alors qu'est-ce que ces textes sur les génomes font là ?

Mary regarda, lut attentivement, devint livide.

— Ce n'est pas moi qui ai fait ça. C'est grave ! Je ne m'occupe que de traduire des notices d'utilisation pour les médicaments et des rapports d'essais cliniques, confidentiels. Là, c'est de la manipulation génétique pure ! Je n'ai rien à voir

---

[6] Virus informatique également appelé « cheval de Troyes »

avec les recherches de cette nature, pourquoi pas avec les travaux des médecins nazis ou les clonages chinois ?
— On se rapproche du texte trouvé l'autre jour, celui qui était froissé…
Ils restèrent silencieux. Quelqu'un en voulait visiblement à Mary. L'autre possibilité était que l'ordinateur soit utilisé à son insu, malgré les protections en place et le pare-feu censé bloquer toute intrusion indésirable. Un autre soupçon fut que ces fichiers très sensibles aient été copiés lors de l'intrusion et qu'une plainte pour vol, ou espionnage industriel, déposée par la suite, entraîna une perquisition. Dans une telle éventualité la vie de Mary eut été totalement bouleversée et mise en danger. Finalement, il trouva son idée absurde, un summum de la parano. Le « numérique », Nirvana des temps modernes, credo des progressistes qui voulait en imposer l'usage « connecté » à tous, du biberon à la bière… était, selon Charles, un système très fragile qui avait déjà montré ses limites. Si les jeunes générations s'étaient adaptées avec une aisance stupéfiante aux technologies modernes, faisant fi trop souvent de la sécurité, il n'en était pas de même pour les plus anciens, n'ayant rien oublié des racines technologiques. Traînant des pieds, ils redoutaient la confiscation des stylos et du papier, la mise sous scellés des machines à écrire, leur mise en « data biométriques » pour obstruction au progrès, comme en Chine ; et dans un avenir pas si lointain l'accusation de déviationnisme de la pensée tomberait avec le couperet. Ils craignaient également le retour des grandes pannes électriques suite à un virus malveillant, comme récemment en Ukraine, à Kiev, en 2016, ou ailleurs ; quant à l'intelligence artificielle elle leur semblait dépourvue de bon sens. Au petit matin, enverrait-on la voiture connectée chercher le journal au bistrot du coin, comme le faisait si bien le chien Médor ? Tout ce galimatias d'ondes

tentant de se neutraliser, les unes les autres, finirait bien par provoquer la chute de quelques satellites ! Les Gaulois n'avaient pas totalement tort, enfin ils étaient juste un peu en avance.

Sortant Charles de ses divagations, Mary, inquiète, déclara avoir encore reçu des appels téléphoniques masqués sans personne au bout.

— Ne répondez plus aux appels masqués ou inconnus.

— Je noterai quand même les dates et les heures.

— Très bien. Ce que je vais vous dire est un peu technique mais c'est important. Par sécurité je vais d'abord copier ces fichiers sur une clef et j'essaierai d'en savoir plus. Je vais vous installer une protection très puissante, mais avant je vais faire le ménage de façon à ce qu'il soit impossible de retrouver la moindre trace[7] et ensuite chiffrer tout le disque. Je vérifierai de temps en temps. Vous devriez être tranquille, j'espère.

Un peu avant midi il avait terminé et invita Mary à déjeuner. À sa surprise elle fit non de la tête, doucement. Une habitude.

— Enfin, c'est normal, il n'y a aucun piège, vous me feriez un grand plaisir... Ah, oui...Je comprends, il va piquer sa grosse crise de jalousie s'il l'apprend. J'espère qu'il ne vous bat pas sinon ça va mal finir !

— Charles...

— Excusez-moi. Si quelque chose ne va pas il faut absolument me le dire. Je ne vous laisserai jamais tomber... Nous devons changer les serrures. Je peux m'en charger. Avant que les Pieds nickelés trouvent la combinaison, il vaudra mieux qu'ils viennent avec un bulldozer pour défoncer les murs.

---

[7] L'effacement classique d'un disque ne supprime que le premier bit du fichier, facilement récupérable. Un disque magnétique peut être relu jusqu'à au moins 40 effacements. Il s'agissait donc de faire un chiffrement complet et de brouiller les fichiers dangereux.

— Vous pouvez me remettre en état les mitrailleuses et le lance-flamme ?

Mary, c'était la retenue, la discrétion, la ténacité, elle savait garder les secrets. Elle disait parfois manquer de confiance en elle alors qu'elle avait réussi là où beaucoup d'autres auraient échoué. Charles n'arrivait pas à comprendre comment les chemins de la vie amenaient des êtres à se rencontrer alors que rien, au départ, ne les prédisposait à cela. Ils avaient effectué des parcours tellement différents et puis brusquement le choc de la rencontre. S'étaient-ils déjà croisés dans une vie précédente, promis de se retrouver par-delà la mort ? S'en souvenaient-ils le moment venu ?

Emma peinait pour traduire certains mots en néerlandais, non pas qu'elle n'eut pas la connaissance suffisante, mais la subtilité de certaines expressions était trompeuse. Ainsi de : « Les poules du couvent couvent », une balance ne servait pas qu'à peser et faire son sapin ne voulait pas dire que l'on préparait Noël, surtout quand il s'agissait d'aller le faire en Algérie, à une époque douloureuse. Mais la traduction avançait bien.

Charles s'était replongé dans l'histoire précédent le débarquement du 6 juin 1944, afin de mieux appréhender les documents en attente de rangement au musée de la Guerre psychologique. Il en avait ramené une pile imposante pour tenter de gagner un peu de temps. Il y avait l'histoire officielle, avec une chronologie, des décisions logiques, des ordres généralement clairs, mûrement réfléchis, si possible une vision à moyen ou long terme. C'est ce qu'il avait appris, il y a longtemps, sur les bancs de l'école. L'Histoire enseignée aux écoliers et aux étudiants n'était qu'une succession de dates et de faits dont il fallait se souvenir le temps des études, pour passer les examens avec succès ; et après, avec une bonne mémoire, elle ferait partie de la culture. « *La culture, c'est ce qui reste quand on a tout oublié* », affirmait Edouard Herriot.

Charles n'avait rien oublié. Il entrait maintenant dans l'histoire des hommes et la légende s'effaçait lentement. Mises bout-à-bout, les histoires des soldats faisaient que la guerre ne ressemblait plus à l'histoire officielle.

Là, il lisait que les cadavres avaient été dégagés au bulldozer, tellement ils étaient nombreux ; ailleurs le fusillé bougeait encore après le coup de grâce. Les deux soldats ennemis qui s'étaient retrouvés, tentant de s'abriter dans le même trou d'obus, ne s'étaient pas tiré dessus ; la fatigue, l'écœurement ; le Français avait étudié à Heidelberg et l'Allemand à la Sorbonne. Les rapports étaient nombreux, émanant de chefs de sections, de commandants d'unités. Il y avait des héros en attente de médailles, des blessés qui avaient appelé leurs mères pendant des heures avant de se taire pour l'éternité, l'intendance qui n'avait pas pu suivre, les directives de l'OKW. Il y avait ce para qui volait des pommes pour ne pas mourir de faim et qui, après des décennies, se lia d'amitié avec les enfants du fermier, propriétaire du verger. Il y avait l'absurdité de la guerre, ces gens qui ne se connaissaient pas et s'entretuaient pendant que d'autres, des deux camps, s'entendaient pour mettre leurs richesses à l'abri en Amérique du Sud. Les jours meilleurs qu'ils espéraient viendraient ! Les divisions du front russe revenaient en Normandie pour se reconstituer, laisser les hommes se refaire une santé, physique, peut-être moins psychologique. Charles n'avait trouvé à aucun moment des documents évoquant des troubles post traumatiques. Cependant l'organisation de la Wehrmacht lui semblait parfaite pour ce qu'il en avait découvert. Le renseignement militaire, l'*Abwehr*, fonctionnait également bien, jusqu'au moment où l'amiral Canaris avait été « mis au placard » en début d'année 1944. Et c'est là qu'il trouva une note signée par un certain Werner, *Feldwebel*. Malheureusement, avec le temps elle était difficilement lisible et le nom encore moins, *Schulz*, peut-être, avec beaucoup de bonne volonté. Mais il comprit, par la teneur de ce qu'il put lire, que l'homme appartenait en réalité à l'*Abwehr*. Il lui sembla qu'il allait enfin progresser dans les recherches. Charles avait connu l'histoire de cet espion russe du KGB qui avait patiemment recopié tous les documents qui lui passaient entre les mains[8]. Il en avait rempli des caisses, dissimulées habilement. Était-ce cet adjudant, *Werner « Schulz » (?)*, qui aurait mis de côté toutes ces documentations avant l'assaut *Overlord* ? Que voulait-il vraiment en faire et comment était-il arrivé à traîner toute cette masse de papiers sans se faire prendre ? Il urgeait maintenant d'explorer la deuxième caisse.

Le lendemain matin il logea difficilement l'échelle dans la voiture, quelques ardoises, la pince du KGB…, une tenaille spéciale servant à rogner les ardoises.

Mary l'attendait et sécurisa l'échelle pendant qu'il escaladait, avec l'ardoise neuve et la pince du KGB, ce qui la fit beaucoup rire. Vue du ciel, il la trouva belle. Lorsqu'il redescendit, elle déclara.

— Merci Charles, vous savez tout faire. J'ai peut-être trouvé quelque chose.

— Quoi donc, Mary ?

---

[8] Le KGB contre l'Ouest 1917 – 1991 – Christopher Andrew & Vassili Mitrokhine – Les Archives Mitrokhine – Fayard 2000

— Il faut retrouver la troisième caisse, il y a peut-être un trésor...

C'est un trésor,
Au goût de l'or,
Au fond d'un coffre,
Telle est son offre,
Chercher toujours,
Au point du jour,
Cheveu brun, touchante mèche,
Sous le soleil, troublante flammèche.

Chapitre V

Lucie, biologiste

Lundi 4 décembre 2017.

Mary ne signala aucune anomalie sur son matériel et aucune nouvelle intrusion dans le musée. Avant de fermer, elle comptait chaque soir les bonbons restants que lui avait offert Charles.
À la veillée, Emma, soupçonneuse, interrogea son mari.
— Je ne comprends pas très bien ce que fait l'ami de Mary. Il est parti très tôt en retraite, il est jeune… Il doit s'ennuyer, en tout cas il ne me donne pas l'impression de s'occuper d'elle, je veux dire pour son travail.
— hmm.
— Tu le sais ou non ?
— Il fait des pronostiques sur les matchs de foot.
— J'ai l'impression qu'elle se sert de toi !
Charles se redressa brutalement, échappa la revue médicale qu'il était en train de lire et regarda Emma, furieux. Le chat Titus leva la tête, prêt à s'éjecter de son fauteuil vers un lieu plus sûr.

— Explique-toi, s'il te plaît !
— C'est très simple. Qui te prouve qu'elle a dit la vérité sur les bonbons ? Qui te prouve qu'elle n'a pas tripoté ce papier froissé ? Menti sur cette araignée ? Une araignée... Tu parles... Qui te prouve qu'elle n'a pas mis elle-même ces fichiers dans son ordinateur ? Et toi, tu pars bille en tête, tu fonces ; elle siffle et tu viens...
— Et pourquoi aurait-elle fait ça ?
— Tu es naïf ou quoi ?
— Ah, je vois. Ce n'est pas ce que tu t'imagines. C'est une belle personne...comme toi.

Il aurait pu lui parler de Jésus, de la charité, du partage, de l'amour de son prochain. Ce qu'elle redoutait c'était plutôt qu'il disserte sur l'amour de sa prochaine. Il s'approcha d'Emma et lui murmura à l'oreille.

— Elle les préfère plus jeunes qu'elle... comme toi. Elle n'a pas pu faire ça, j'ai retrouvé le corps de l'araignée et la toile cassée en deux, dont un fil collé sur le papier du haut. La date de création des fichiers avait été effacée et là, je sais qu'elle ne pouvait pas avoir d'accès aux propriétés, c'était verrouillé. Je l'ai aidé et je ne veux pas qu'il lui arrive du mal. Je crois qu'il y a un danger qui rôde en ce moment et je n'ai pas envie d'aller faire brûler des bougies ! Elle pense comme toi, oui madame, qu'il pourrait y avoir un trésor dans la troisième caisse !

Emma avait retrouvé le sourire, un peu crispé, et avoua qu'un collier de perles lui plairait bien. Il devait d'abord, avec Mary bien entendu, l'irremplaçable Mary, la vertueuse Mary, il devait donc étudier le contenu de la deuxième caisse et là...Ô miracle, le jeu de piste pourrait continuer !

Ce fut la nuit des rêves ; un coffre de pirate, plein de joaillerie, de pièces d'or, de diamants. La nuit des rêves et des matins qui déchantent.

La température était relativement clémente, pour un mois de décembre, et le ciel couvert. Charles tria les documents par thème et par ordre chronologique, avec un inventaire précis, pour les remettre à Mary. Elle jugerait s'ils devaient rejoindre une vitrine ou rester classés dans les archives. Il s'absenta l'après-midi sans fournir d'explication, laissant planer le mystère sur les raisons de son absence. Non, il ne s'agissait pas de Mary, la visite étant prévue pour le lendemain.

Le matin suivant, 6 décembre, Emma reçut un énorme lapin en pain d'épice pour fêter la Saint-Nicolas. Il avait trouvé une épicerie près de Caen, tenue par des Lorrains qui perpétuaient la magie de Sint-Niklaas pour les enfants. Il n'y avait pas d'enfants dans le saloir... ni d'officiers de Constantin 1er, seule la beauté d'instants d'émerveillement pour les petits de tous âges.

Vers dix heures, Charles prit la route pour se rendre au musée. Les marais étaient recouverts d'une légère brume et il s'arrêta sur le bas-côté pour prendre des photos. Un héron le regarda et continua à vaquer à ses occupations sans se douter qu'il ornerait, plus tard, le bureau de l'auteur dilettante, photographe amateur. En haut sur le plateau, se détachait fièrement l'église de Monfréville, d'où l'on devait avoir une vue magnifique. La Normandie possédait une richesse architecturale qu'il devait encore découvrir avec Emma. Il ne remarqua pas le motocycliste qui s'était arrêté derrière lui, en bas de la légère pente, à trois cents mètres environ.

À l'arrière de la maison qui abritait le musée de la Guerre psychologique, il y avait une remise avec une porte bardée de serrures dans laquelle Mary entreposait les pièces non exposées et les archives. Elle y conduisit Charles dès son arrivée. La seconde caisse, ramenée de la ferme Lucien, était posée sur un rayonnage. Il s'agissait d'une caisse, assez grande, estampillée

Wehrmacht, portant le dessin des grenades M 24, des grenades à manche.
— Vous avez transporté ça comme ça ?
— Oui, pourquoi ? C'est Paul qui l'a rangée. Nous ne l'avons pas ouverte.
— Pour rien. Il ne s'est pas posé de questions en voyant ça ? Je vais l'ouvrir dehors et vous demander, s'il vous plaît, de passer de l'autre côté de la maison.
— Pourquoi ? Je l'avais bien ramenée de la ferme dans la voiture !
— Elle est peut-être piégée, même si vous n'avez pas sauté sur la route. Y a que la foi qui sauve !
— Alors ne l'ouvrez pas je vais appeler les démineurs !
— Attendez ! Je sais comment on piège des caisses...
Une fois Mary disparue, avec précaution, Charles défit les grenadières de fermeture et souleva très légèrement le couvercle en regardant à l'intérieur, à contre jour. Aucune cuillère n'appuyait sur le couvercle, donc pas de grenade US ou de la sorte, aucune lame suspecte, aucun fil n'y était relié ; la lumière passait librement sans être arrêtée par le moindre stratagème. Il le retira complètement et soupira. Il aurait de la lecture pour un bon moment !
Mary riait derrière lui, moqueuse.
— Parano !
— On ne l'est jamais assez...
— Au travail, monsieur Charles !

Ils installèrent au fond du bureau une table pliante, récupérée dans la remise. La protection intérieure de la caisse avait été réalisées avec soin et les documents n'avaient pas trop souffert, derrière la fausse cloison des combles, pendant plusieurs années. Avec d'infinies précautions il retira les documents un à un et regretta de n'avoir pas la compétence d'un archiviste pour en assurer une sauvegarde parfaite. Certaines feuilles étaient fragiles, jaunies. Un document intéressant était la directive numéro 40 du 23.3.1942 pour la conduite de la guerre[9], émanant du quartier général du Führer. Le ton était donné : *« Dans les jours à venir, les côtes de l'Europe seront sérieusement exposées au danger des débarquements ennemis »*.

Des notes manuscrites personnelles laissaient enfin apparaître le nom du *Feldwebel* Werner, Werner Schulz Il y avait surtout un journal consignant les activités et les réflexions intimes de son auteur, un journal de guerre comme en ont tenu beaucoup de soldats lors des différents conflits. Werner était doué pour l'écriture, poète, donnait des descriptions précises des différentes situations auxquelles il avait été confronté et, au détour d'un récit, Charles comprit enfin qu'il était natif des bords du Rhin, à Kehl, juste en face de Strasbourg. Voilà qui allait permettre de comprendre son comportement à la lecture ultérieure des documents qui restaient à analyser. Charles et Mary n'étaient pas au bout de leurs surprises. Outre les carnets personnels de Werner, ils découvrirent le journal intime de Lucette, la tante du fermier Lucien. Le mystère s'épaississait... et de longues heures de lecture les attendaient.

Mary invita Charles à venir le lendemain avec les documents que contenaient les fichiers retrouvés dans l'ordinateur. Il les avaient imprimés mais n'en comprenait pas tout le sens.

Il trouva Mary en compagnie d'une jeune femme souriante, âgée d'une quarantaine d'année, environ. Elle était légèrement plus petite qu'elle, visiblement sportive, avec une chevelure

---

[9] Weisung Nr.40 für die Kriegführung. [Voir annexe]

blonde, courte et des joues subtilement teintées de rose. Son regard vif brillait d'intelligence et de bienveillance à la fois.

Mary fit les présentations.

— Lucie est biologiste, c'est elle qui valide mes traductions. Elle a longtemps vécu et travaillé à Dallas et aussi à Münster, en Allemagne. C'est surtout une amie en qui j'ai toute confiance. Charles est auteur. En réalité... Les circonstances nous ont fait rencontrer chez des amis communs et chaque fois que j'ai un problème... Il est là pour m'aider à le résoudre...

— Je n'y arrive pas toujours, malheureusement.

Lucie regarda Mary, eut un sourire complice et Charles réalisa que la maîtresse des lieux lui en avait raconté beaucoup plus. Qu'avait-elle dit sur lui ?

Mary reprit, expliqua que son amie était venue voir sa mère à Port-en-Bessin, dont elle était native, et qu'elle pourrait aider à interpréter les documents trouvés dans l'ordinateur. Ils prirent place autour du bureau et Charles lui remit les impressions. Elle les lut en fronçant les sourcils et, à la fin, eut un petit rire.

— Bon, Mary, tu ne vas pas avoir de visite de la police à six heures du matin pour ça. Je vais expliquer ce dont il s'agit et ce qui me surprend le plus dans votre affaire. Il s'agit de travaux sur le génome et l'*abstract*[10] était paru dans *Nature*, une revue scientifique britannique. Là, c'est beaucoup plus détaillé, complet. Mais je voudrais d'abord revenir sur le document de l'armoire que tu m'as montré...

Les explications de Lucie

Je ne crois pas que le froissement du papier soit lié à un acte émotionnel. Pour s'introduire dans de telles conditions dans un endroit comme celui-ci, il faut avoir la capacité de

---

[10] Le résumé

maîtriser toutes ces émotions, je ne pense pas que Charles me contredise ; il a dû annoncer ça pour que tu ne t'inquiètes pas, Mary...

Elle regarda Charles qui acquiesça.

C'est donc un acte volontaire pour attirer l'attention. Classique, on crée un désordre dans un système ordonné et cela se remarque de suite, le message est passé : cherchez... Pour en être plus sûre la personne a fait disparaître des bonbons en nombre suffisant pour que tu le remarques. Je serais tentée de dire qu'elle te connaît ou qu'elle t'en veut ! Elle a semé l'inquiétude. Acte un. Dans ce document, le rédacteur met en garde sur les effets secondaires de la Pervitine et accuse les autorités d'en avoir facilité l'usage pour la population civile et d'en imposer l'utilisation pour l'armée. Si ce document avait été découvert, à cette époque, cela lui aurait valu le peloton d'exécution. Les laboratoires qui l'ont fabriqué en ont retiré d'importants profits...En cherchant sur le Net vous en trouverez plus. Je ne vais pas vous dire combien d'industries ont prospéré du fait de la guerre, vous le savez peut-être mieux que moi...

Charles et Mary confirmèrent leurs recherches, mais demandèrent des précisions plus scientifiques sur cette drogue.

La Pervitine, c'est la drogue du combat. Lors d'une attaque il est très important de tenir pendant les premières quarante-huit heures. C'est une amphétamine dérivée de l'éphédrine. Un chimiste japonais y a ensuite ajouté un groupe méthyle sur l'atome d'azote... La méthamphétamine était créée...

Mary et Charles souriaient en regardant Lucie emportée par son élan pédagogique.

Y aura pas d'interro... J'abrège... La Pervitine a été mise en vente libre dans toutes les bonnes pharmacies du Reich à partir de 1938. C'était vendu en poudre, en cachets, il y en a même eu dans le chocolat. Excellent pour les enfants...En plus ça avait un effet coupe-faim, c'est très utile dans des périodes de rationnement. Lors de l'attaque de 1940, les soldats en étaient « bourrés », ce qui leur a permis de tenir sans fatigue, d'éliminer le besoin de sommeil, la peur, de renforcer les réflexes. Les amphétamines ont été largement utilisées sous toutes les formes. Ce que les gens savent moins c'est que les Britanniques en utilisaient aussi, de la benzédrine. Elle développait l'agressivité, mais provoquait des manques de lucidité, ce qui a provoqué de lourdes pertes au combat d'El-Alamein, par exemple. Le problème...C'est qu'aujourd'hui on constate qu'elle revient sur le marché, sous plein de formulation et qu'elle détruit toute une jeunesse, avec les autres drogues et produits dopants. Mais, pendant la seconde Guerre mondiale, l'objectif était aussi de créer « l'homme nouveau », le guerrier invincible, de race pure, imbattable ![11] *La vente a été arrêtée pour le grand public à partir de 1941 et réservée aux militaires. Il y avait beaucoup de soldats, trois millions, et ça devait faire beaucoup de pilules à fabriquer.*

Et en 1944, en novembre, est arrivé un nouveau produit, la drogue du surhomme, la D-IX.

C'est aussi ce danger qui est évoqué dans le document, car les effets secondaires étaient inconnus et c'est ce qui nous rapproche de ce que Charles a trouvé dans l'ordinateur ensuite, la modification de l'homme, de l'être humain ! Ce qui est bizarre c'est que le rédacteur de la note était déjà au courant alors que les pilules n'avaient pas fait leur apparition, si je pars du fait que les documents aient été rassemblés juste avant le D-Day.

---

[11] « L'idée était de transformer de simples soldats, marins et aviateurs, en pantins capables de performances surhumaines. » Otto Rank, médecin militaire

— En effet, merci de le faire remarquer. Nous trouverons peut-être l'explication. Que savez-vous de plus sur la D-IX ? demanda Charles.

C'est le résultat d'essais identifiés « D », suivi d'un numéro. Le D-IX est le plus efficace. Il y eut des essais sur les prisonniers du camp de Sachsenhausen. Les prisonniers ont marché pendant plus de 80 heures sur des cailloux, sans repos ni nourriture, D'autres parfois avec des charges de vingt kilos ont parcouru quatre-vingts dix kilomètres. Pour la petite histoire, les Français ont utilisé le modafinil pendant la première guerre du golfe. Il provoque moins d'effets secondaires et n'entraîne pas d'insomnie, donc ne demande pas de contre médication. Les pilotes américains en ont utilisé en Afghanistan en 2001. Cela permettait à des équipages de mener des missions de quatre-vingts cinq heures sans dormir et atterrir sans casse.

— C'est vraiment impressionnant, incroyable, murmura Mary.

En effet. Ce qui nous amène à l'acte deux, si je puis dire... Dans le document du PC, il est question du CRISPR[12] – Cas 9. Le CRISPR est un outil génétique mis au point en 2012 par deux chercheuses. Cas 9 est une enzyme que l'on associe à un ARN, un rétrovirus, capable de guider le gène à insérer vers le site de l'ADN cible. Cas 9 coupe ce dernier pour y placer le nouveau code à insérer. Je n'ose pas dire « simple comme bonjour... ». Normalement, cet ensemble de molécules devrait être réservé à la seule modification de l'ADN des plantes et des animaux. Des vaches sans cornes on peut en voir dans la campagne...Jusqu'où cela peut-il aller ? Au pire probablement car techniquement rien n'interdit de l'appliquer

---

[12] « Clustered Regurlarly Interspaced Short Palindromic Repeats » – « courtes répétitions en palindrome regroupées et régulièrement espacées ».

à l'embryon humain et l'on ferait bien de regarder vers la Chine. Si c'est interdit chez nous, avec le clonage humain, les lois de bioéthique peuvent évoluer rapidement, comme on a pu le constater ! Ce n'est pas sans danger pour l'humanité et les êtres qui naîtront ainsi.

Lucie se tut.

— On pourrait donc créer un super-homme, comme voulaient le faire les Nazis avec les drogues ? s'enquit Mary.

— À terme oui. Je me demande surtout quel esprit tordu est venu vous planter ces indices et quel est son but. Cela a-t-il modifié votre façon de vivre ? demanda Lucie.

— Certainement. On découvre des pages de l'histoire oubliées ou ignorées, et nous avons envie de connaître la suite, les vies de Lucette et Werner pendant l'occupation, de trouver cette troisième caisse, confirma Charles.

Mary regarda Lucie en souriant bizarrement, secret de femmes probablement.

— Maintenant je vois Charles plus souvent, il bouge, il circule... Il vient me voir. Avant il vivait terré dans sa tanière depuis des mois !

Lucie rit en regardant Charles, puis...

— Charles, j'ai beaucoup aimé votre livre « Les nuits de Vienne ». Mary m'en avait fait la publicité et je n'ai pas été déçue. Vous pouvez me faire une dédicace ?

Elle lui tendit le livre, toujours souriante.

— Bien sûr, avec plaisir...

Il écrivit quelques lignes charmantes à l'attention de Lucie qui portait la lumière dans un monde obscur. Elle sourit et lui demanda en regardant malicieusement Mary.

— Vous croyez vraiment que l'on peut trahir par amour ?

— Maintenant, oui...

Charles partit en emmenant avec lui des documents militaires et le journal de Lucette dont il souhaitait taper le texte. En face du chemin conduisant au musée, de l'autre côté de la route, un bout de terrain défriché permettait d'y garer deux ou trois véhicules. Une voiture blanche y stationnait. En apercevant les deux silhouettes à l'intérieur Charles pensa qu'il s'agissait d'amoureux en quête de tranquillité. Après qu'il se fut engagé sur la route côtière, le véhicule démarra aussitôt et le suivit. Préoccupé par ce qu'il venait de découvrir et entendre il ne remarqua pas qu'il était pris en filature.

Elle est lumière,
Il est poussière,
Ah que revienne,
La nuit de Vienne,
Demain fuyons,
Disait l'espion.

Chapitre VI

Le journal de Lucette

Au cours de ses sorties, le chat Titus avait rencontré des compagnons, des transfuges de la ferme, qui l'avait suivi jusqu'à la maison. Emma, le cœur sur la main, n'avait pu se résoudre à ignorer leur présence squelettique de bêtes mal nourries. Elle leur réservait de la nourriture, de l'eau pour la boisson, et s'était attachée à l'un d'eux, une sorte d'ours blanc mal léché. Peu à peu, il s'était civilisé et avait accepté Charles sur son territoire, enfin dans le jardin. L'homme aimait le caractère indépendant du petit félin, son regard complice, sa détermination et sa capacité à fondre sur un mulot ou une souris des champs. Le salut n'était pas toujours dans la fuite mais dans la capacité à faire le mort, en attendant que le matou détourne son attention. Une herbe de pampa se promenant devant son museau, faisait parfois l'affaire permettant à la victime de filer vers la haie, double satisfaction lorsqu'il s'agissait d'une musaraigne. Le petit insectivore ne faisait pas partie des plats préférés des chats.

Le détournement d'attention, voilà ce à quoi Charles pensa, concernant l'intrusion dans le musée. Mais de quoi fallait-il détourner l'attention ? Aucune réponse ne lui vint à l'esprit.

Les documents militaires retrouvés dans la caisse de grenades M 24 s'arrêtaient à la fin mai 1944, peu de jours avant *Overlord*. Werner avait dû partir à ce moment et probablement dissimulé les caisses dans un lieu sûr. Lucette l'avait-elle aidé ?

Avec Emma, ils commencèrent la lecture du journal de Lucette et la transcription.

Journal de Lucette.

15 Janvier 1945. Je suis maintenant en lieu sûr en Auvergne. Je ne pouvais pas continuer à rester cachée à la ferme en attendant le petit Peter et après sa naissance. Mon père avait dit que j'étais partie à Nantes et comme il avait fait partie d'un réseau, les résistant de la 25ème heure n'avaient pas intérêt à s'approcher. Je crois que je ne saurai jamais ce qu'est devenu le père du petit Peter. Les gens resteront convaincus que c'est un fils de Boche. Werner n'est pas le père et je le sais mieux qu'eux. Je vais essayer de me remémorer les événements qui ont marqué ce début d'année 1944. Quelqu'un me lira peut-être un jour.

Peter avait été parachuté de nuit au début mars au nord de Sainte-Mère. C'était fou tellement c'était dangereux. Nous l'avions récupéré avec « Odin » et caché dans sa ferme. Une partie avait été réquisitionnée par les Allemands. On avait caché la poule dans la renardière ! Ils n'étaient plus tellement motivés et il y avait beaucoup d'hommes âgés. Ils espéraient que la guerre finirait rapidement pour rentrer chez eux. Les nouvelles n'étaient pas bonnes car je parlais parfois avec

Horst. Il aimait parler français et me faisait plutôt la cour. Dans le civil, il était plombier et rêvait de monter son entreprise quand il serait de retour à Brême. Un de ses ancêtres était Français, c'était un protestant qui avait fui les persécutions après la révocation de l'édit de Nantes. Il fallait changer Peter de place souvent à cause des gonios[13]. Quand la résistance donnait les informations, il cryptait et transmettait puis nous partions le plus rapidement possible. C'était très dangereux. Chez nous à la ferme, il y a eu une courte période sans réquisition. Odin a ordonné qu'il s'y terre pour se faire oublier. C'était un ordre de Londres. Avec Peter nous nous sommes tout de suite aimés. Pendant la guerre on ne sait pas de quoi demain sera fait.

En effet, Odin a reçu l'ordre de le faire rembarquer pour Londres. Il devait laisser la mallette avec l'émetteur et nous l'avons caché dans un endroit insoupçonnable des Allemands, au cas où il y aurait des fouilles. Odin est venu chercher Peter avec deux hommes que je ne connaissais pas. Par sécurité on ne m'a pas dit où il allait. On s'est promis de se retrouver si on survivait à la guerre. Il viendrait à la ferme, si elle n'était pas rasée par les combats car il m'avait dit que le débarquement aurait probablement lieu ici en me demandant de garder le secret. Je n'étais pas certaine d'être enceinte car avec le stress on peut avoir du retard. S'il est toujours vivant, il ne sait pas qu'il a un enfant. J'espère de tout cœur qu'on se retrouvera sinon j'irai à Manchester quand la guerre sera finie. J'ai fait le courrier pendant deux semaines. Comme j'étais jolie, les soldats ne m'embêtaient pas trop et plaisantaient, à par un qui se faisait engueuler par le sergent à chaque fois. Je devais lui

---

[13] Raccourci de « radiogoniomètre ». Dispositif de réception radio permettant de localiser la direction d'un émetteur clandestin. Évaluation possible de la position avec deux systèmes en simultané ou en déplaçant le véhicule.

plaire. Le commandement avait interdit aux soldats d'acheter certaines denrées directement auprès de la population, pour essayer qu'il n'y ait pas d'histoires. Je lui procurais des œufs, ça devait jouer aussi.

Début avril il a fallu loger d'autres soldats qui revenaient du front de l'est. Il y avait un Polonais qui avait été incorporé de force. Il me parlait en secret des autres quand il pouvait. Il parlait très bien français et disait qu'il voulait déserter. Je lui répondais que je ne pouvais rien faire pour lui et que si quelqu'un le savait, il aurait des ennuis. Il ne devait pas en parler. J'en ai parlé à Odin. Odin pensait qu'il voulait essayer d'infiltrer le maquis. Un matin la Feldgendarmerie est venue l'arrêter. Je le regretterai toujours et j'en ai voulu à Odin.

Début avril.

D'autres soldats sont venus en remplacement. Ils avaient le type mongol et n'inspiraient pas confiance. J'ai appris, après, par Werner que certains étaient incorporés de force et qu'ils n'étaient pas fiables. Ils n'avaient pas vraiment le type aryen... Mais ils se comportaient correctement, enfin ils chapardaient un peu. Les Anglais multipliaient les vols d'observation et souvent on entendait la Flak qui se déchaînait contre eux. Il commençait à y avoir des bombardements de plus en plus violents sur le nord du Cotentin.

Vers la fin avril on a reçu l'ordre de la Kommandantur de loger un feldwebel, un adjudant. On l'a mis à l'écart des soldats à sa demande, dans le fond. Il était différent des autres et parlait très bien français. Les Mongols avaient l'air de le craindre. Peu de temps après son arrivée, on a vu venir assez souvent une petite voiture de liaison, Kübelwagen, avec un officier de haut rang à bord. Mon père qui discutait parfois avec l'adjudant partait se cacher quand il voyait la voiture arriver. Il disait que la visite fréquente d'un commandant n'était pas bon signe pour l'avenir. Peu à peu Werner s'est rapproché de moi. Il avait envie de parler et posait peu de questions. Il me voyait parfois partir avec le vélo. Un jour il m'a dit de rester là avec beaucoup d'insistance, ce que j'ai fait. Le lendemain on a appris que la SS avait fait un bouclage sur la route que j'allais prendre. Son âge ? Il approchait de la quarantaine. Une fois il m'a dit que le colonel qui venait le voir était son oncle. Dans le civil, il était banquier à Dresde, officier de réserve, rappelé comme tous les hommes. Lui, Werner était artiste peintre, peu connu, et écrivain. Il publiait sous un pseudonyme, mais n'a pas voulu me dire lequel. Il avait même écrit un livre en français. Je le trouvais mystérieux et je dois dire qu'il m'attirait beaucoup. Est-ce que j'ai regretté d'être enceinte ? Honnêtement oui, tout en m'en voulant fortement. Mais il était très correct, tout le temps. Parfois il était étrange. Sans en avoir l'air il disait que l'air serait malsain ici ou là et qu'il vaudrait mieux ne pas y aller. Je transmettais à Odin. Effectivement, souvent il y avait des contrôles renforcés ou d'autres désagréments. On a fini, rapidement par prendre en compte ses informations. Il détestait les types de la SS, comme son oncle, de la Luftwaffe. Un homme très distingué. Quand je pouvais, je trouvais un prétexte pour l'approcher. Il appréciait que je parle un peu allemand, que je connaisse Goethe, Heine, haï des nazis. Il connaissait bien les vins français, mais en Normandie il n'avait pas beaucoup de chance, pour le vin, bien sûr. J'essayais d'en savoir un peu plus par lui. Lui aussi essayait de savoir ce que pensaient les gens. Il ne disait rien ou faisait des allusions. Une fois il m'a dit d'être prudente.

 Mon père n'était pas content que je parle avec lui. Il me disait que les gens parlaient dans notre dos. C'est incroyable, on aurait dit que les mouches allaient au village raconter ce *qui se passait à la ferme ! Je croyais bêtement que si ça tournait mal les résistants pourraient témoigner pour nous. Odin a été arrêté et déporté en juin. Il n'était plus là pour confirmer et par sécurité je ne connaissais personne d'autre qui ait pu témoigner en ma faveur. Tout était bien cloisonné. Il y avait des arrestations, des gens disparaissaient. On n'aurait pas cru mon père ! Il avait raison, c'était mieux que je reste cachée après la libération, ma grossesse se voyait. Un soir, vers la fin mai, Werner m'a annoncé qu'il devait partir à la Roche-Guyon, rejoindre le maréchal Rommel. Il m'a dit la vérité le concernant et me demandait de l'aider. C'était la preuve d'une très grande confiance. Il m'a dit qu'il était de Kehl et avait une tante à Strasbourg. Enfant il y passait la plupart de ses vacances. Comme il parlait plusieurs langues couramment, il avait été muté dans le service de renseignement de l'armée. C'était la guerre avec les autres services, la SS, la Gestapo, c'est ce qu'il m'avait dit. Après le limogeage de l'amiral Canaris en février 1944 et la mise sous tutelle de l'Abwehr par le RSHA[14], il y avait des mouvements de résistance dans la Wehrmacht. Il m'en avait déjà trop dit[15]. Je devais l'aider à cacher trois caisses de façon absolument sûre. Ça ne servait plus à rien de les faire passer aux Anglais. Toutes les informations concernant un éventuel débarquement étaient fausses. Selon son oncle, un ami de la Kriegsmarine recevait sans arrêt des informations contradictoires et il pensait que les agents allemands en Angleterre avaient tous été retournés[16]. Après la fin de la guerre qui était proche, c'est ce*

---

[14] Reichssicherheitshauptamt – Office central de sécurité du Reich créé par Heinrich Himmler (Septembre 1939)
[15] Die schwarze Kapelle (l'orchestre noir) apparut dès 1943.
[16] Les agents allemands étaient sous le contrôle du Comité XX, service secret britannique rattaché au *Security service* (MI 5). Entre le 1er mai et le 6 juin 1944, la Kriegsmarine a reçu 173 bulletins de renseignement portant

qu'il disait, il viendrait chercher les caisses, car il pourrait écrire un livre qui révélerait beaucoup de choses ignobles, pourquoi certains qui se connaissaient bien faisaient s'entretuer des gens qui ne se connaissaient pas. Il disait que d'autres en Allemagne commençaient à transférer leurs fortunes. Si ce n'était pas lui qui venait ce serait une femme brune. J'avais bien ri. Ça ne pouvait pas être moi, je suis châtain clair. Devant mon étonnement, il m'avait dit qu'il avait eu comme un flash ! Là où nous avons caché les caisses, avec l'aide du père, personne ne les retrouvera avant longtemps. Quelques jours après, il m'a embrassée comme un frère, m'a demandé de veiller sur moi et le petit bonhomme que je portais et de prier pour lui. Comment pouvait-il savoir que ce serait un garçon ?

Le lendemain, une voiture de liaison est venue le chercher. Il s'est retourné, m'a fait un grand signe de la main. Je ne l'ai jamais revu. Je pense que c'est la Georgette qui venait aider à la ferme qui m'a dénoncée. Elle ne m'aimait pas, elle devait être jalouse, mais elle a été bien punie. Elle est morte dans les bombardements de Caen.

Le petit Peter dort. L'air de la montagne est vif. Il fait très froid. J'aperçois le Puy de Dôme dans le lointain. Il est tard.

La question que se posèrent immédiatement Emma et Charles fut celle de savoir comment ce journal avait pu se retrouver dans la caisse de grenades qui était si bien cachée avec les autres. À nouveau il était bien mentionné trois caisses.

En décembre la nuit tombe très vite et à dix-huit heures Charles sortit pour fermer les volets. Ce fut comme une impression fugitive, une ombre qui fila du cimetière d'où il

---

sur l'invasion alliée, tous de désinformation, à part celui envoyé le 6 juin… Il fallait conserver quelque crédit à l'agent pour l'avenir.

était possible d'observer la maison. Il sortit du jardin en trombe, courut vers la grille principale. Il était trop tard. Il entendit une moto démarrer rapidement à l'opposé. Il pouvait s'agir d'un voleur de métaux. Il y avait déjà eu des vols dans une commune voisine. Il décida d'aller chercher une lampe puissante et une bombe de défense à la maison et revint inspecter le cimetière. À son soulagement il ne découvrit aucune dégradation, releva quelques pots de fleurs renversés par le vent. Et il en arriva à la conclusion peu réjouissante que la maison, ou Emma et lui étaient probablement sous surveillance. Aller à la gendarmerie n'aurait servi à rien. Les gendarmes allaient recevoir d'autres missions, en plus de prévenir les vols de matériels agricoles. L'approche des fêtes de fin d'année allait attirer les visiteurs de parcs à huîtres et les coquilles saint-jacques ne seraient pas dédaignées ! De longues veillées en perspective.

 Il rassura Emma, expliqua la nécessité de bien fermer portes et fenêtres. Elle pensa qu'il était un peu parano et avait mal vu. Nul doute que cet intérêt était une conséquence de la visite du musée, des recherches entreprises. Quelqu'un attendait peut-être qu'ils aient trouvé la troisième caisse pour tirer les marrons du feu ? Il fit une visite sommaire des pièces, sous les reproches de madame, pour essayer de trouver un éventuel microphone. Lassé, il abandonna, avec, à nouveau, le qualificatif de parano. Emma étant toujours là, et lui aussi à part ses absences au musée, il n'était pas facile de s'introduire dans la maison à l'insu des occupants. Le lien le plus probable restait le musée.

 Le lendemain fut consacré au tri des documents militaires, à l'établissement d'un inventaire détaillé. Emma était pressée de connaître la suite et pressa son mari pour qu'il commence la traduction du journal de Werner.

Une grande nouvelle tomba également. Emma avait décidé que le chat blanc avait toute sa place dans la maison et qu'il s'appellerait Neige.
« C'est un beau nom qui lui va bien et il se contente d'avoir un coussin près de la cheminée. Ainsi, il pourra passer l'hiver au chaud », avait-elle justifié, sans que cela soit vraiment nécessaire. Charles aimait beaucoup le matou.

Mercredi 6 décembre

La température était clémente pour un matin de mois de décembre lorsque Charles partit en direction du musée. Mary avait reçu les canons pour modifier les serrures et, avec une petite pointe d'inquiétude, elle regarda son serrurier personnel démonter les fermetures. Finalement, une demi-heure plus tard tout fonctionnait à nouveau, pour la porte principale et pour l'issue de secours. Avec plus de 16 000 possibilités de codes il ne restait plus qu'à défoncer le mur pour entrer. Les angoisses de la dame n'étaient pas terminées... Après avoir éteint l'ordinateur, il démonta la souris et le clavier pour vérifier qu'il ne s'y trouvait aucun micro caché. Rien. Ensuite il ouvrit l'écran... Encore rien. Ce n'était pas terminé. Utilisant l'escabeau il souleva tous les faux plafonds et vérifia qu'aucun objet suspect ne s'y trouva. Rien toujours rien. Mary le regardait tourner en rond, forcément... Il ne disait rien et après avoir inspecté une dernière fois les meubles, il reconnut qu'il ne pouvait pas remplacer toutes les ampoules, n'ayant détecté aucune interférence lorsqu'il parlait à proximité.

Il raconta à Mary l'histoire bien connue des anciens. Au début des années cinquante, à l'ambassade française de Varsovie, aménagée par les Polonais, aidés du KGB, il y avait des micros jusque dans les câbles électriques et les gens du SDECE avaient dû tout remettre en état pour éviter les écoutes. Aujourd'hui il suffisait d'un micro laser dissimulé à quatre cents mètres pour obtenir le même résultat.

Il était midi et, sans grand espoir, Charles invita Mary à déjeuner. À sa grande surprise, elle accepta. Il connaissait un restaurant agréable à une quinzaine de kilomètres. Après avoir quitté le musée et la route côtière, il s'engagea sur la Nationale 13 en direction de Cherbourg. Mary lui demanda s'il s'y connaissait en Football. Il répondit qu'il avait plutôt joué au rugby et parfois tapé dans des boîtes de conserves.

— Pourquoi cette question ?

— Paul est parti à Clairefontaine pour soutenir l'équipe de France. C'est possible ?

— Je n'en ai aucune idée. Je sais qu'il y a beaucoup d'activité, après c'est facile de vérifier. Si je dis quelque chose, vous allez mal interpréter.

Un long silence s'installa.

— Que dit Emma quand vous venez me voir ?

— C'est le jour des grandes interrogations philosophiques... Elle sait que je vous ai aidé, que c'était mon job. Ce qui vous arrive l'intrigue beaucoup. Pour le reste... C'est le destin.

Tout en parlant, Charles surveillait le rétroviseur depuis un moment. Une voiture blanche semblait les suivre, à une distance standard pour une filature. Aucun autre véhicule ne collait derrière eux, comme c'est fréquemment le cas. La suite se déroula très rapidement. Il aperçut un motocycliste qui doubla la voiture blanche à vive allure. Il se rapprochait d'eux très rapidement. L'homme lâcha le guidon et plongea la main droite dans la sacoche sur le réservoir. La moto ne ralentissait pas pour autant bien qu'il eut abandonné la manette des gaz.

Charles comprit la suite et chercha une issue, la bretelle d'accès à l'aire de la station-service ne se trouvait plus qu'à deux cents mètres environ, quelques secondes encore. Il accéléra. Le motard était pratiquement à sa hauteur. Dans le rétroviseur, il eut le temps d'apercevoir les appels de phares de la voiture blanche qui arrivait en trombe, en klaxonnant. Du coin de l'œil il aperçut le bras qui se tendait vers eux. En criant à Mary de se baisser et de s'accrocher, il freina à fond, rétrograda les vitesses en double pédalage, et juste avant la balise verte d'entrée qu'il frôla, il s'engouffra sur la voie d'accès, puis ralentit. Il continua pour s'arrêter à l'entrée du relais.

Surpris par la manœuvre le motard continua sa trajectoire, rangea le pistolet dans la sacoche et reprit la manette de gaz pour accélérer. La machine était puissante et sema la voiture qui fut bloquée par un camion déboîtant sans regarder.

— Il va revenir, murmura Mary, livide.

— Non, je ne crois pas. Je ne sais pas quoi dire. Je suis consterné pour vous. Comment ça va ?

— Je crois que je n'ai plus faim... Où avez vous appris à conduire ?

— Ailleurs, avec des pilotes de rallye. Je n'ai pas bien compris. Normalement quand il a lâché la manette des gaz pour prendre l'arme, la moto aurait dû ralentir, non ?

Mary eut un petit rire...

— Sur un modèle standard oui, il y a un rappel vers le ralenti. Il existe aussi des poignées spéciales que l'on peut bloquer ou débloquer avec un bouton, comme sur les motos des gendarmes ou de la police. Il suffit de commander et d'effectuer le remplacement.

— Ça alors... D'où savez-vous ça ?

— J'avais une moto...

Il était soudain admiratif. Ils entrèrent pour se remettre de leurs émotions et se contentèrent d'un plat léger accompagné de quelques cafés.

— Vous êtes certain qu'il ne va pas revenir ? demanda Mary, inquiète.

— Trop de monde ici. Il aurait pu tirer et m'avoir à coup sûr en nous dépassant de cinquante centimètres, mais il vous a vue. C'est un professionnel. Il va attendre son heure.

— Pourquoi ça ?

— Je dérange peut-être. Ou ils ne veulent pas qu'on trouve. Quoi ? C'est la question…On va devoir être très prudents.

— Il faut traduire le journal de Werner, on en saura peut-être un peu plus.

Mary avait retrouvé un peu de couleur. Elle posa sa main sur celle de Charles.

— Qui conduisait la voiture blanche ? demanda-t-elle.

Il mentit.

— Aucune idée.

Il est casqué,
Il est armé,
Il a suivi,
Et poursuivi,
Il va tirer,
Et le tuer,
Adieu la vie,
Adieu Mary.

Chapitre VII

Le journal de Werner

Mercredi 6 décembre - 14 heures.

Mary était encore très choquée par l'incident survenu sur la nationale 13. Charles essaya de la rassurer en lui expliquant qu'il était le seul visé. Il n'en parlerait pas à Emma. Il avait vécu semblable expérience et avait la capacité mentale d'y répondre. Il envisagea deux raisons pour la tentative d'agression.

La traduction fit oublier l'incident à Mary. Elle retrouva le sourire et Charles parvint même à la faire rire, instant exquis, mélodie légèrement moqueuse...

— Poète, heureusement que Paul ne vous entend pas...
— Il soutient l'équipe de France...

Un profond regard noisette au goût de toujours le surprit. L'intensité de secondes rares reste gravées dans l'âme à jamais.

Journal de Werner Schulz

Mercredi 26 avril 1944
Enfin un peu de repos. Je suis arrivé en Normandie. J'ai une chambre réquisitionnée dans une ferme au nord de Sainte-Mère-Église. Je crois que j'aurai l'occasion d'en raconter un peu plus, enfin j'espère car la mort ici est au rendez-vous. Jamais je n'aurais imaginé revenir dans de telles conditions. C'est abominable. Vingt ans après. J'avais dix huit ans quand j'étais venu en vacances avec mes parents pour la première fois. Un souvenir merveilleux à Deauville. Et puis, il y avait Marie... Marie, aussi belle que brune. Je me serais fait brûler pour elle. Elle n'était pas normande, n'avait pas les joues roses mais un regard noisette dans lequel j'aimais me fondre. Elle habitait dans une région au nord de Paris. Mon père qui avait trop souffert de la guerre avait fait la connaissance d'un Français, dans une tranchée. Enfin, ils s'étaient réfugiés dans le même trou d'obus et ne s'étaient pas tirés dessus, ni transpercés à la baïonnette. Ils avaient juste envie de survivre. À vingt ans c'est normal. Le Français parlait bien allemand, avait parlé le premier, expliqué qu'ils devaient vivre, qu'on leur mentait. Ils se sont promis de se revoir s'ils survivaient à la guerre. En 1922, Léon, le Français, nous a retrouvés à Kehl. Il travaillait dans une société de radiologie médicale et venait souvent à Strasbourg et là, comme le destin est bizarre, il avait rencontré ma tante, infirmière à l'hôpital. Je crois qu'elle devait lui plaire... et lui aussi... Il est venu voir mon père à Kehl. Des retrouvailles étranges ; ils ont pleuré tous les deux, dans les bras l'un de l'autre.
La vie trace nos chemins. On ne peut pas y échapper. Le destin est écrit en nous, on ne peut pas y échapper, rien à faire.

Les Arabes disent mektoub, c'est écrit. Les familles avaient décidé de se revoir en Normandie à Deauville ; nous n'étions pas dans le besoin. Le père de Marie et le mien s'entendaient bien. Mon père avait une grande boutique où il vendait du matériel de radio, des cinématographes, toutes sortes de phonographes, de magnétophones à fil. Il installait des salles de projections dans toute la région, jusqu'à Freiburg im Breisgau. Il se rendait souvent à Karlsruhe pour affaire. Il avait aménagé le casino à Baden-Baden. Toutes les fortunes venaient y prendre les eaux. C'est le couvre feu. Je vais devoir partir pour les rondes. Poisse !

Dimanche 30 avril 1944
Dans la semaine deux terroristes ont été arrêtés par les SS. J'ignore leur sort. Impossible d'aller à la messe.

Lundi 1er mai 1944
Mon oncle Walter est venu me voir. Il est détaché à l'Etat-major du général Falley au château de Bernaville, à Picauville. C'est une nouvelle division d'infanterie, la 91e Luftland Infanterie-Division qui dépend de la VIIe armée. Elle est intégrée au groupe d'armée du Generalfeldmarshall Rommel. Il fait la liaison avec la Luftwaffe. Ce n'est pas loin d'où je suis. Les propriétaires n'étaient pas contents de la réquisition. Le général a recommandé de ne rien abîmer ou détruire car « nous ne sommes pas des barbares ». Les pilotes doivent être logés en priorité sur les autres militaires et ne manquer de rien. Il m'a confirmé mon maintien à l'Amt Mil[17], enfin le général l'a appuyé. Ce n'est pas désintéressé. Je dois être les yeux et les oreilles du général sur le terrain. Les

---

[17] Service de renseignement militaire – ex Abwehr I et II - après l'absorption de l'Abwehr par le R.S.H.A

rapports sont très tendus avec les autres cons. (?). Il y a aussi des problèmes avec les Osttrupen *[troupes de l'est]*. Je vais essayer d'établir des bons contacts avec la population, à commencer avec les propriétaires de la ferme.

Jeudi 4 mai
Le fermier est un drôle de type. Il m'a invité à boire du calvados. Il boit ça comme du petit lait ! Il essayait de me parler en allemand. Au bout d'un moment j'en ai eu assez de son petit nègre. Quand je lui ai parlé en français il n'en revenait pas ! Il m'a resservi un plein verre. Je n'ai rien appris de plus. Si... le grand-père avait été prisonnier en Allemagne et affirmait que le calva était bien meilleur que le Schnaps. « Calva prima, Schnaps nicht gut ». Il n'avait pas tort... Après, il s'est plaint des difficultés pour le ravitaillement, les réquisitions. Les gens craignaient les Mongols. En Normandie ils n'avaient jamais vu des types comme ça. Genghis Kahn n'était pas venu à Carentan ou à Sainte-Mère...

Dimanche 7 mai
L'oncle Walter est venu. Il m'a demandé de cacher des documents et m'a laissé comprendre qu'il se préparait quelque chose. Il avait eu une permission en février et s'était rendu chez lui, à Dresde. Gretha, sa femme allait bien, mais s'inquiétait en permanence pour son fils, mon cousin Hans, rappelé dans la marine. Lui aussi s'inquiétait. À Dresde il avait appris qu'il y avait d'importants mouvements de fonds à sa banque pour le compte de hauts bonnets. « Quand les rats quittent le navire... ». Il pensait que le débarquement aurait bien lieu en Normandie parce que les bombardements alliés étaient anormalement élevés dans le Pas-de-Calais, comme

pour détourner l'attention. En plus, des espions capturés qui avaient avalé une pilule s'étaient réveillés en croyant qu'ils étaient morts. Étrange.

Mardi 9 mai
J'ai fait la connaissance de la jeune femme. Elle s'appelle Lucette, elle a une trentaine d'années. La vie en ville était devenue trop difficile et elle n'avait plus de travail. C'est la petite sœur du fermier. Ici elle aide aux travaux, va faire les courses au village. Elle parle un peu allemand, connaît des poèmes de Goethe, Heine, la légende des Walkyries et de Siegfried. C'est surprenant. Elle ne me traite pas en ennemi. En fait, elle m'a demandé si je pouvais demander aux autres de respecter les gens. Il y a une dizaine de gars qui logent dans l'autre partie de la ferme. Ils ont été incorporés de force. Deux Géorgiens, trois Ukrainiens, un Polonais, les autres sont des Tchèques. J'ai dû recadrer sévèrement les Géorgiens. Avec des gars comme ça, le jour de l'affrontement il faudra avoir des yeux devant et derrière.

Vendredi 11 mai
Lucette est venue me voir. On essaie de se cacher des autres pour qu'elle n'ait pas d'ennuis. Si j'étais libre et si ce n'était pas la guerre je lui ferais bien la cour. J'ai la tête ailleurs. Elle me rappelle un peu Marie, mais en châtain clair. Quand elle vient, je vois bien qu'elle a essayé de s'arranger la mine. La ferme n'est pas un salon de beauté. Par elle j'ai quelques nouvelles de la population, comment nous sommes perçus.

Dimanche 14 mai
L'oncle Walter est venu. Il m'a remis encore des documents. Je lui ai dit de faire très attention. Il a beau être

colonel si quelqu'un découvre ça, il va se retrouver sur le front de l'est ou au poteau. J'ai une bonne planque et ce ne sont pas les Allemands qui vont venir me fouiller... Drôle ? Il m'a dit que Gretha avait appris que deux autres de mes tableaux avaient été vendus. Je n'ai pas reçu de courrier de ma femme depuis plus d'un mois, à cause des déplacements. Ça va plus vite en Allemagne. J'en ai assez de cette guerre. Je voudrais retrouver mes pinceaux, ma machine à écrire et me remettre à taper. J'ai une idée de livre qui fera mal quand les gens sauront ce que toute cette guerre a caché. J'ai longtemps parlé avec Walter. On a eu la surprise de voir arriver Lucette. Elle a bien discuté avec l'oncle qui était ravi. Pendant un moment il a oublié la guerre et ses responsabilités. On a même ri. Heureusement que personne ne nous surveillait. Peut-être la grincheuse, derrière le rideau de la cuisine. Cette Georgette qui travaille là est sournoise comme une fouine. Je n'ai pas intérêt à lui tourner le dos.

Mercredi 17 mai
Lucette est passée en fin de soirée. Je venais d'inspecter un secteur vers Chef de pont. Les gars de la SS étaient dans le coin. Ils me feraient presque peur ces fanatiques. Heureusement, quand je montre ma carte du RSHA, ils balisent tous. J'ai compris ce que fait Lucette. Je crois qu'à sa place, je ferais pareil. Je lui ai fait comprendre qu'elle ne devait pas sortir du tout demain.

Jeudi 18 mai
La SS a fait une rafle vers Sainte-mère, sur la route de Cherbourg. Je n'ai pas le lieu exact. J'informe quand même le QG.

Vendredi 19 mai
Lucette m'a remercié. J'ai cru qu'elle allait m'embrasser. J'ai tâté le terrain. La guerre allait finir, un jour pas si lointain. Si un jour, j'avais besoin d'aide, est-ce qu'elle m'aiderait ? Elle m'a regardé droit dans les yeux et m'a dit oui. J'ai remarqué qu'elle est enceinte. Je lui ai conseillé de penser au petit bonhomme qu'elle portait et de s'arrêter. Elle a ri. Son rire m'a rappelé celui de Marie, clair, comme une cascade d'eau vive. J'ai eu mal à ce souvenir.

Dimanche 21 mai
Lucette m'a vivement déconseillé d'aller à la messe. Je lui ai dit les secteurs à éviter et de n'entreprendre aucune action. Je ne pourrais rien pour elle et j'en aurais une peine immense.
Elle était émue. Quand cette guerre va-t-elle enfin s'arrêter !

Lundi 22 mai
Enfin, j'ai reçu une lettre d'Ulli, ma femme. Elle va bien. Même si elle allait mal elle ne le dirait pas. Elle écrit qu'elle a vendu les deux tableaux que j'avais peint sur les bords du Rhin. Ils valaient sûrement plus mais elle a bien fait. Ça lui fait un peu d'argent. Elle travaille toujours au laboratoire qui prépare les pansements pour l'armée. Il y a de plus en plus de travail et pour elle ce n'est pas bon signe. Lucette est venue. Elle m'a demandé pourquoi j'avais l'air heureux. Je le lui ai expliqué. Elle ne croyait pas qu'un soldat allemand puisse être peintre et écrivain. Je lui ai donné le titre du livre que j'avais écrit en français. Après la guerre, elle pourrait le retrouver en librairie et se souvenir de moi, surtout si j'étais mort. Cela l'a beaucoup attristée.

Mardi 23 mai
Je me suis rendu au château de Bernaville. Une forteresse. J'ai remis mon rapport au général, en personne. Mon oncle était là aussi. Le général a lu en détail. Il m'a dit qu'il pensait comme moi, que le débarquement n'aurait pas lieu dans le Pas-de-Calais et demandé de n'en rien dire. Il m'a dit que les Osttrupen allaient partir vers Avranches sous quarante-huit heures. Je devais veiller à ce qu'ils ne commettent aucune exaction en partant. Il m'a donné mon ordre de mutation et celui de mission pour me rendre à La Roche-Guyon, auprès du général Rommel. Il me faudrait être là-bas le 31 mai au plus tard. Il m'a remercié, souhaité bonne chance en espérant nous revoir plus tard[18]. Il aime mes peintures.

Mercredi 24 mai
Deux Tchèques sont venus me chercher pour boire un pot avec eux. Ils embarquent demain mais ne savent pas où ils vont. Je ne leur ai rien dit. Les Géorgiens m'ont invité à venir les voir après la guerre car ils allaient virer Staline ! Nous avons discuté et j'ai appris qu'un des Tchèques était violoniste à l'orchestre symphonique de Prague, le Polonais était chanteur baryton, un autre Tchèque avait lu mes livres. Il connaissait mon pseudo... Un des Géorgiens avait un magasin de radio et faisait les dépannages. Il m'a fait penser à mon père. Ils avaient des caisses de munitions vides. Je leur ai demandé de les laisser que ça ferait du bois à brûler pour l'hiver. Ils ont bien ri en disant qu'on brûlerait tous en enfer.

Jeudi 25 mai

---

[18] Le général Falley sera tué dans la nuit du 5 au 6 juin, dans une embuscade tendue par des parachutistes américains. Il est inhumé au cimetière militaire d'Orglandes.

Un camion est venu au matin pour prendre les gars. Ils étaient contents d'aller voir plus loin. Les habitants de la ferme furent soulagés après leur départ. Moi aussi... Tout s'était bien passé. J'ai récupéré les deux caisses de grenades vides et la caisse de bandes de MG 42[19]. Les gars avaient laissé tout en ordre. Je prépare le rapport.

Lucette est venue me chercher pour arroser ça avec le père et le grand-père, pendant que Georgette est partie à Caen. Je lui avais fait viser son Ausweis à la Kommandantur. Je ne sais pas si le règlement le permet mais nous avons déjeuné ensemble. Ce n'était pas le grand luxe et je n'ai pu rien dire sur le marché noir...Je n'avais pas mangé de saucisson depuis tellement longtemps. Je leur ai dit que j'allais aussi partir et j'ai eu l'impression qu'ils allaient me regretter. « On sait ce qu'on perd... »

Vendredi 26 mai
Une estafette à moto est venue me porter un pli. Une voiture me prendra le lundi matin 29 pour aller à La Roche-Guyon. Le soldat m'a dit qu'il y aurait un radio avec nous.

Samedi 27 mai
Il n'y a pas eu de nouvel ordre de réquisition de logement, la ferme est vide. Ça ne va pas durer. Lucette vient me voir. On doit mettre en caisse tout ce que l'oncle a laissé. Elle n'en croit pas ses yeux. On arrive à tout loger dedans. Elle sait où mettre tout ça en sécurité. Je lui fais confiance car je ne peux pas arriver au grand QG avec mes caisses. Je crois que je peux lui faire confiance ? Elle me dit oui... Je reviendrai chercher le tout pour écrire le livre avec elle ! Si ce n'est pas moi, ce sera une femme brune qui ressemblera à Marie. Elle rit

---

[19] Maschinengewehr – mitrailleuse modèle 42

quand je lui dis que je venais d'avoir un flash. Elle est assise sur les caisses et me regarde écrire. Elle a l'air triste. Moi aussi, brusquement ça me fait quelque chose. Je commençais à m'habituer. Alors, prends grand soin de toi Lucette et du petit bonhomme que tu portes. Un petit bonhomme ? Oui j'ai eu un autre flash... Je mets ces lignes dans une caisse de M 24, en précisant sur le document de la Pervitine qu'il y a trois caisses. Un clin d'œil à qui trouvera, si j'ai fait le grand saut. Quelqu'un me lira peut-être un jour. On se dépêche de tout fermer. Que la paix revienne vite !

Mary se tut. Le texte s'arrêtait là. Charles s'arrêta de taper et sauvegarda le document. Elle semblait déçue.
— Mary... Pour le flash je suis impressionné. Vous ressemblez à cette Marie qu'il avait rencontré, des yeux couleur noisette et vous êtes la femme brune qui est venue chercher les caisses...
— Ne me dites pas que je me suis réincarnée... Qu'est-ce qu'il veut dire avec « ces cons » ?
— Il doit parler de la SS. Nous ne sommes pas plus avancés et ça n'explique pas l'agression, ratée fort heureusement.
— Charles, je crois qu'il faut revoir le fermier Lucien, lui remettre une copie du journal de sa tante et savoir où se trouve son cousin. Je parie que la solution est en Auvergne !
— Je ne sais pas si la solution est en Auvergne, je sais juste que le danger est ici.

Tes yeux noisette,
Jolie brunette,
Ton regard profond,
Trembler me font,
Battre le cœur,
Chamade en fleur,
À vingt ans,
Comme à cent ans.

Chapitre VIII

Les ombres de la Guerre froide

Vendredi 8 décembre

Sur les conseils de Charles, Mary ferma provisoirement le musée. De toute façon il n'était venu personne, à part un couple âgé de Hollandais. Elle souhaitait maintenant rester seule et prétexta une rhino-pharyngite contagieuse pour s'isoler chez elle. Elle devait finir une traduction. La présence de son ami devenait parfois pesante. Charles était plus léger, cultivait l'humour et l'autodérision. Ses phases poétiques lui plaisaient et il avait la capacité d'affronter les événements avec compétence et clairvoyance. Elle sentait qu'il aurait pu se jeter au feu, si elle le lui avait demandé. Enfin, de toute évidence, le chevalier servant se consumait pour elle, qui l'avait appelé à l'aide, le jour de la cérémonie au cimetière. Mais il tenait à Emma. Dur dilemme. Les voies du Seigneur sont impénétrables, celle du destin aussi, qui avait décidé de leur rencontre lors d'une visite chez des amis communs.

L'ancien agent décida de partir en chasse en se disant que si quelqu'un le cherchait, ils finiraient par se rencontrer. Seul à bord de la voiture, il aurait davantage de possibilités de répliques en cas d'attaque, ou d'identifier la menace. Il effectua plusieurs passages à proximité du musée, circula sur la voie rapide sans apercevoir de motocycliste hostile ou la moindre voiture blanche. Pas la moindre filature. En cette période de l'année, la route côtière était fréquentée par les seuls habitants du secteur.

Le lendemain la température tomba légèrement en dessous de zéro et quelques flocons de neige vinrent se déposer sur le pare-brise. Vers seize heures, lassé, Charles s'arrêta sur le port à Grandcamp-Maisy. Un bateau de pêcheurs prit la mer et il le regarda filer vers la passe de sortie en admirant le courage de l'équipage, parti pour une nuit, par une mer agitée.

Le pare-brise se teinta d'un blanc léger, ramenant l'ancien agent à une époque lointaine qu'il croyait oubliée. Cela s'était passé en décembre... Le mur de Berlin était encore debout, pour plusieurs années encore. Il attendait sa phase d'embellissement, souhaitée par le régime. De grandes zones à découvert, qui donneraient l'impression d'avenues concourant pour le titre de plus belle avenue du monde. Des étendues qui deviendraient infranchissables et, pour ceux qui s'y risqueraient, un mur impossible à escalader, en attendant la rafale de balles.

En RDA, l'humour n'était pas interdit, mais se devait d'être subtil, comme le soleil qui le soir filait discrètement à l'ouest et ne manquait pas de revenir le lendemain matin. De quoi faire dire aux dirigeants communistes qu'à l'Ouest tout ne devait pas être aussi parfait ! Charles découvrirait, bien plus tard, qu'à l'Est, tout n'y était pas aussi mauvais que cela lui avait été raconté ; à condition de bien rester entre les lignes tracées par le parti. Sous la surveillance constante de la Stasi, la délinquance n'existait pas, ni le vol. Dans les campagnes les maisons pouvaient rester ouvertes sans crainte particulière, comme chez sa grand-mère, cinquante ans plus tôt. Ces fléaux, et bien d'autres, les gens les découvriraient avec l'arrivée libératrice du capitalisme sauvage et la réunification des deux Allemagne. Entre une prison à ciel ouvert où la voie semblait tracée du biberon au cimetière et un monde où il fallait se battre en permanence, quarante ans s'étaient écoulés donnant naissance à cette nostalgie si singulière, l'*Ostalgie*. Le rêve d'une vie de bonheur et de lendemains qui chantent, chaque jour repoussés, et l'affrontement quotidien avec la vie ordinaire, lot des habitants des pays libres. La certitude d'obtenir un travail à l'issue d'études qui ne dépendaient pas de la richesse parentale contre l'incertitude de commencer des études qui ne mèneraient à rien, si ce n'est aux portes du chômage, mal quasi inconnu au paradis des travailleurs. Bien sûr, il y avait l'espoir de recevoir sa Trabant neuve, après seize ans d'attente. Comme toutes les certitudes de jeunesse, celles de Charles avaient légèrement vacillé.

En cette fin de soirée, la neige était tombée en abondance sur les massifs de la Forêt-Noire. La mission était facile, en réalité un simple service à rendre au traitant, fort occupé. Anna voulait absolument accompagner Charles et le traitant avait accepté. Elle était un peu plus âgée, avec une expérience certaine en matière de filature. Il se sentait bien avec elle. Elle était belle, discrète et conduisait à la perfection. Ils suivaient une voiture de la Mission soviétique, basée à Baden-Baden. Le parcours semblait plutôt touristique aucun site sensible n'étant apparu le long du trajet. La route devenait glissante et l'Opel, éprise d'indépendance, tel un cheval rétif, partit en dérapage et termina sa course sur une aire de dépannage le long de la voie. Le chauffeur de la voiture suivie avait vu la scène dans son étroit rétroviseur et s'arrêta. Après une courte marche arrière, il descendit et vint vers eux, ce qui était probablement interdit par son règlement. L'homme avait la cinquantaine et fit signe de baisser la vitre. Dans un français parfait, il demanda s'il n'y avait pas de blessés et s'il fallait de l'aide pour tirer le véhicule. Il incita Anna à redémarrer pour vérifier, puis apparemment rassuré, il déclara.

— Mon amie est allemande. Nous avions juste envie de goûter à un peu de liberté... Ce serait bien de ne pas mentionner l'incident dans nos rapports...

Charles était surpris et n'avait pas été préparé à ce type de relation avec l'adversaire. Anna intervint avec succès, en russe.

— Ne vous inquiétez pas. Nous aussi, nous nous promenions. Nous nous reverrons peut-être un jour ?

— Il y aura des jours meilleurs. Prenez soin de vous !

— Vous aussi...

Il repartit. Charles, qui ne comprenait pas un mot de russe, lui demanda ce qu'elle avait dit.

— Rien de grave, que nous nous promenions comme eux, c'est tout.

La buée avait envahi l'habitacle et Anna l'enlaça, ne lui laissant aucune chance de lui échapper. L'eut-il même voulu ?

Moins d'un mois plus tard, Charles reçut son ordre de mutation pour l'Afrique profonde. Une fois arrivé, il échangea deux lettres avec Anna et, subitement, il ne reçut plus aucune nouvelle. Il ne pouvait croire qu'il se fut agi d'une rupture brutale ; ce n'était pas dans le tempérament de la jeune femme. Aucune de ses anciennes connaissances semblait en mesure de lui dire ce qu'il s'était passé, quand, finalement, le commandant Jean S., son ancien traitant, lui écrivit qu'elle avait eu un accident au début du mois de février. Depuis elle était introuvable, mais il faisait tout ce qu'il pouvait pour la retrouver ; il le tiendrait informé.

En mai, un ancien collègue de passage à Abidjan, lui apprit qu'elle avait disparu dans des conditions troubles. La voiture dans laquelle elle circulait avec un ami, Adrien, avait fini sa course, amortie par la neige abondante, dans un champ. Quand le conducteur avait repris ses esprits la jeune femme avait disparu ; elle était introuvable. S'agissait-il d'un authentique accident, comme le prétendait Adrien pour sa défense ? Charles se demanda souvent si un enregistreur avait été dissimulé à bord de l'Opel, lorsqu'elle était avec lui. Était-elle surveillée par le Centre ? Avait-elle provoqué le dérapage qui lui avait permis de parler avec le Russe ? La liste des questions restées sans réponses s'allongeait tandis que les remords prenaient possession de lui.

En juillet, il obtint une permission et se rendit en Allemagne pour essayer d'en savoir plus. La police allemande avait forcément effectué le constat. À force de poser des questions, au commissariat de Bühl, Charles avait finalement trouvé un policier qui avait bien voulu lui en dire plus. Il avait participé au constat. Selon lui, il avait la certitude que la voiture avait été poussée car elle portait des marques de peinture noire à l'arrière. Il y avait aussi beaucoup de traces de pas autour du véhicule alors qu'il ne restait qu'une personne sur place, une femme ; elle s'était occupée du conducteur pendant qu'un autre automobiliste était parti alerter[20]. Ils avaient fait les recherches classiques dans les garages et les casses automobiles ; aucun véhicule noir accidenté n'avait été identifié. La gendarmerie française des FFA[21] avait été avertie. Leurs recherches

---

[20] Il n'y avait aucun moyen de communication mobile, hormis trouver une cabine téléphonique …(pour la petite histoire…)
[21] Forces Françaises en Allemagne. La gendarmerie était compétente pour les Français des FFA, militaires et civils apparentés.

n'avaient rien donné non plus. Pour lui, comme pour son contact, l'adjudant-chef français, il semblait évident qu'il s'agissait d'un coup des autres, Russes ou Américains. Le relais était pris par la Sécurité militaire ou le SDECE. Charles n'eut aucune réponse concernant l'enquête française. C'était la Guerre froide et ses secrets.

Bien plus tard, après 1993, quand le système fut mis à disposition du public, les recherches effectuées sur Internet ne donnèrent aucun résultat. Aucune trace d' « Anna F. ». La peur qu'il arriva quelque chose de semblable à Mary s'empara de lui. Il ne pourrait plus supporter un tel drame.

Son inquiétude augmentait ; il l'appela. Afin de lui éviter de possibles ennuis avec son ami, ils avaient décidé d'éviter au maximum les appels en dehors des heures de travail. Elle semblait détendue.

— Ne vous inquiétez pas, ma fille Julie est venue de Rouen pour passer le week-end avec moi. Nous sommes seules. Vous devriez rentrer à la maison. Il va y avoir du mauvais temps et beaucoup de vent lundi.

En ouvrant le journal mardi matin, Charles découvrit l'article à la une. Un motard circulant sur la N 13 vers Carentan, lundi 11, avait, semblait-il, été déséquilibré par un vent violent et avait terminé sa course dans les barrières de sécurité. Il n'y avait pas eu de témoin direct de l'accident. En cherchant à l'identifier, les gendarmes avaient trouvé dans la sacoche du réservoir un pistolet automatique de fort calibre. L'homme, Pierre K, dont le prénom avait été changé, selon le rédacteur de l'article, était fiché au banditisme. Il avait été transporté au CHU de Caen dans un état très critique et sous surveillance policière, en vue d'une mise en examen. Son pronostique vital était engagé. Charles appela Mary pour lui faire part de la nouvelle. Le danger immédiat semblait écarté,

et elle lui demanda de la rejoindre au musée dans l'après-midi.
« Non, ne vous inquiétez pas, je serai seule, il part à Caen voir un entraînement, pour ses pronostiques »...avait-elle assuré en riant.

En le voyant à la porte vitrée, Mary eut un beau sourire et lui fit signe d'entrer.
— Mary, avec un vent comme il y a eu hier, seriez-vous allée rouler sur les bords de la Baltique ?
Elle rit.
— Avec un motif sérieux, peut-être. Sur une moto les rafales latérales peuvent être dangereuses. Le poids apparent est très faible, la prise au vent est forte, alors la moindre chose peut provoquer l'accident ; un oiseau emporté par l'air qui tape sur le casque, une voiture qui double trop près, allez savoir…
Charles n'avait plus envie de savoir. Il l'imagina sur sa moto et trembla presque, rétrospectivement. Mary lui demanda s'il voulait l'accompagner demain chez le fermier Lucien. Elle l'avait appelé car elle souhaitait lui donner une copie du journal de sa tante et rendez-vous avait été pris dans l'après-midi. Il accepta et ils décidèrent de se retrouver à un endroit différent de la fois précédente.
— Mary, nous pouvons y aller avec ma voiture.
— Je préférerais la mienne, elle est moins connue.

Mercredi 13 décembre – Sainte Lucie

Un sale temps, du vent, de la pluie, voilà le programme de la météo pour la journée. Quand Charles prit place dans la voiture de Mary, il fut troublé par un parfum délicat. En regardant Charles elle fut prise de rire.

— Oui, ça m'arrive. C'est Lucie qui m'a envoyé ce parfum. Elle a écrit que ça nous irait bien. J'ai essayé. Qu'en pensez-vous ?

— Elle a bon goût. Mary...

— Charles... Chut... On doit partir.

Le fermier Lucien les attendait et, après les avoir fait asseoir, il sortit la bouteille de calvados et les verres de l'armoire. Mary lui remit les copies du journal de Lucette et il commença à lire, en silence. Charles vit, posée sur une chaise dans l'angle de la pièce, un appareil qu'il reconnut de suite pour l'avoir vu souvent en photo. Une fois qu'il eut terminé la lecture, Lucien posa les feuilles sur la table.

— Je ne sais pas quoi dire. Découvrir enfin la vérité après tout ce temps, ça fait drôle... Je vous sers ? Moi, j'en ai besoin. J'aurais dû chercher beaucoup plus tôt mais, avec le temps qui passe l'oubli s'installe. Et puis le cousin, s'il avait parlé, lui aussi. Je ne sais pas comment cette lettre est arrivée dans une des caisses ! Aucune idée !

Il remplit les verres généreusement puis reprit.

— Je vous ai appelée, lundi au musée. Vous n'étiez pas là. Impossible de vous laisser un message, vous n'avez pas de répondeur ?

— Je devrais en mettre un, c'est vrai. Charles, vous m'aiderez ?

En entendant le vouvoiement, probablement ému par le parfum de Mary, Lucien se racla la gorge en regardant Charles et lui adressa un coup d'œil, grand classique de la complicité masculine. Ça y est, nous sommes classés, se dit l'ex-agent qui sourit et détourna son regard vers la machine posée sur la chaise.

— Ah, l'Énigma[22]... Je suis allé aider un collègue la semaine dernière et, en arrivant, je l'ai vu mettre des affaires à la benne. Quand il allait jeter la machine je l'ai arrêté de suite et lui ai demandé de me la donner. Vous voyez, madame Mary, j'ai tout de suite pensé à vous... Elle sera mieux au musée qu'à la déchetterie ! Et vous n'oublierez pas de prendre les papiers qui sont avec...

— Merci beaucoup d'avoir pensé à sauver la mémoire d'une époque. Elle a dû en crypter des messages, celle-là, constata Mary.

Charles lui promit de la nettoyer et de lui redonner son éclat d'origine, sans s'engager à la rendre opérationnelle.

— Pensez-vous que votre cousin ait eu connaissance du journal de sa mère ? s'inquiéta Mary.

— Aucune idée. Nous n'avons pratiquement pas de contact. Ce n'est pas le même monde... En réalité, nous sommes âgés maintenant, ça serait bien si on pouvait se parler un peu.

— S'il vous plaît, pourriez-vous quand même lui demander si ça l'intéresserait d'avoir les originaux ? J'aimerais les lui remettre moi-même...

À cet instant précis, Charles se demanda ce qu'elle était en train de préparer, « mijoter » est le terme exact qui lui vint à l'esprit. Lucien pouvait lui envoyer le tout par la poste.

— Moi, j'en sais assez maintenant. Je lui téléphonerai, ce soir, on ne sait jamais. Je vous tiendrai au courant.

— Qu'y a-t- il dans les papiers ? demanda Charles.

— Un mode d'emploi, je pense, des clefs de cryptage pour chaque jour, et puis le reste je n'y comprends rien. J'ai trouvé les papiers au fond des combles. C'est grand en haut. Les

---

[22] Machine à chiffrer (crypter) les messages de l'armée allemande. Plusieurs modèles ont été fabriqués. Réputée inviolable, les codes ont pourtant été cassés, ce qu'ignorait le commandement (OKW), et a aidé pour la préparation du débarquement.

souris ne les ont pas mangés, enfin pas trop... Comme tout est en allemand ça vous intéressera peut-être.

Lucien ne voulut pas de dédommagement. Il espérait juste pouvoir rétablir un contact avec ce lointain et mystérieux cousin qui vivait au bout du monde, en Auvergne. Charles chargea le matériel dans le coffre. Un petit crachin venu du large commençait à refroidir l'atmosphère.

En repartant, après avoir roulé quelques kilomètres, Mary trouva un emplacement dégagé, et s'arrêta sur le bas côté de la route. La nuit était tombée et il n'y avait aucune circulation. Elle se tourna vers Charles et demanda, soucieuse.
— Pourquoi nous sommes-nous rencontrés si tard ?
— Je ne sais pas...Nos routes ne devaient pas se croiser plus tôt.

Froide fut la Guerre,
Dit-on naguère,
Tombe la neige,
*

Par une sombre nuit,
J'ai perdu la foi,
Jusqu'à toi,
Le chemin m'a conduit.

Chapitre IX

Omaha la sanglante

Mercredi 13 décembre 2017

Une nuit d'encre enveloppait les marais. À 21 heures Charles écrivait, enfin la page restait blanche, les mots ne venaient pas ; ils étaient bloqués par ses pensées. Il se demandait ce que préparait Mary en voulant se rendre en Auvergne. Quelle idée avait-elle derrière la tête. Il aurait parié qu'elle allait lui demander de l'accompagner !
Soudain le téléphone portable se mit à vibrer, annonçant l'arrivée d'un SMS. Surprise...
« Je serais heureuse si vous veniez vendredi 15 après-midi à la galerie de la place aux poires, à Bayeux, à partir de 17 heures. Je ferai le décrochage le 29 décembre. Après, ce sera trop tard... Vous pouvez venir avec Emma. PS : Mary sera repartie... ☺ Lucie ».
Jamais l'ex-agent ne se serait douté qu'une biologiste de renom comme Lucie, qui avait publié dans *The Lancet* et d'autres revues scientifiques, pouvait se livrer à l'art de la peinture.
La jeune femme l'impressionnait de plus en plus.

— Emma... Emma...
— Oui ?
— Aimerais-tu venir à une exposition de peinture, vendredi après-midi ? C'est Lucie, la biologiste, qui expose à Bayeux...
— Elle a le temps de peindre ? Oui, je suis curieuse de voir.
Charles répondit aussitôt au message.
« *Quelle agréable surprise ! Merci d'avoir pensé à nous. Je viendrai avec Emma. ☺ Charles* ».
Elles avaient dû s'en raconter des choses, Mary et elle, pour qu'elle connaisse le prénom de sa femme !

Vendredi 15 décembre

Inévitablement, il fallut chercher une place pour se garer à une distance raisonnable. La température était de cinq degrés, selon le thermomètre de la voiture, et le temps couvert. Emma n'aimait pas sortir par temps de pluie et les précipitations avaient été faibles dans la journée. Jour de chance !
Quand Lucie aperçut Charles et Emma, elle vint de suite vers le couple, souriante, détendue. Il fit les présentations et sentit que le courant passait entre les deux dames. Indicible soulagement...
Les œuvres de Lucie étaient délicates, pleines de sensibilité. Elle s'exprimait avec le même talent dans le portrait et des paysages nimbés de douceur. Un magnifique saxophone voisinait avec des portraits de musiciens célèbres. En admirant un paysage, un air de Toscane ensorcela l'âme voyageuse de l'auteur dilettante, déclenchant un violent regret d'un chimérique ailleurs. Une nostalgie où il vit apparaître d'abord le visage de Mary. Violence soudaine de l'espace-temps, elle cheminait tendrement à son côté, sur le chemin qui bordait un lac de Forêt-Noire, qu'il reconnut, le lac du Mummelsee. Était-

ce le chemin de la rédemption qu'il espérait ? Il aurait aimé lui faire découvrir cette partie d'Allemagne qu'elle ne connaissait pas. Le phénomène étrange ne dura que quelques secondes. Venait-il de revivre une fraction d'un temps passé ? Qu'avait ressenti Mary à cette minute ? Oserait-il le lui demander ? Il fut convaincu en un instant qu'ils s'étaient déjà rencontrés, dans un ailleurs inconnu, soudainement ressuscité. Ses yeux, oui les yeux portaient, paraît-il, le message des vies antérieures. Il avait vécu ce phénomène étrange avec Emma. Pouvait-on avoir eu plusieurs vies ? Pouvait-on aimer plusieurs fois ? Se retrouver ainsi sur le chemin d'autres vies ?

— Charles... Charles... Où étiez-vous ? demanda Lucie.
— Là...
— Oh que non ! Vos cellules-souches vous ont parlé... L'espace-temps, c'est terrifiant...
— C'est la biologiste ou l'artiste qui parle ?
— L'une fait intensément partie de l'autre. Vous le savez bien, cher auteur...

Elle souriait en le regardant, étrange, mystérieuse. La différence d'âge s'était effacée des visages. Une mystérieuse communion venait de s'établir. Pétrifié, il fixait toujours le paysage qu'il avait cru reconnaître.

— Non, celui-là, je l'ai peint en Auvergne... La région de Billom offre parfois à l'automne des airs de Toscane. C'est très agréable... Connaissez-vous ?

Charles connaissait et s'abstint de raconter une enfance passée dans ces lieux, quand il faisait trop froid, dehors et dans le cœur. Emma s'approcha, interrompant une subtile harmonie.

— Vos aquarelles sont splendides, murmura Emma en désignant une orchidée Venda.

L'ex-agent, auteur dilettante, voyageur du temps, toussota.

— Lucie, elle est sublime, je reste sans voix. Vous avez fait une conquête... S'il vous plaît, pouvez-vous la préparer pour Emma ?

La jeune femme était radieuse et partit confectionner le paquet pendant qu'Emma poursuivait la visite des tableaux. La Toscane d'Auvergne dépassait ses moyens et il espéra des jours meilleurs. Une vente stupéfiante du nouveau roman. Folie du rêve...

Lucie emballa avec soin l'orchidée, avec le certificat d'authenticité. Après que Charles eut payé, elle lui parla à voix basse.

— Charles, il faut absolument que l'on se parle. Peut-on se voir demain après-midi, par exemple à Omaha, vers la statue des Braves, disons vers quinze heures ?

— Oui, bien sûr. Est-ce grave ?

— Grave non, sérieux oui. Je vous raconterai. J'ai une Polo noire...

Emma revint vers eux. Elle avait découvert des livres pour enfants, décorés de tendres aquarelles tout au long des pages, et présenta « Le chat Mystère ».

Quand Charles paya, Lucie lui murmura « J'écris pour les embryons qui ont échappé au massacre des temps modernes ».

Quand le couple prit congé, Lucie embrassa Emma et Charles. Emma était conquise.

Samedi 16 décembre - Omaha beach

Charles expliqua simplement qu'il devait retrouver Lucie. Elle souhaitait l'entretenir d'un problème et lui demander conseil. Le lieu de rendez-vous se trouvait à mi-chemin et Emma ne fit aucune objection. La différence d'âge, sans doute. Il aurait pu être son père.

Il arriva un peu en avance sur le parking pour vérifier, mû par une déformation professionnelle dont il n'arrivait pas à se débarrasser. La mer était agitée, le ciel gris et un vent léger, chargé d'embruns, portait un rêve de départ, un parfum de voyage. Une mouette rieuse se posa sur le muret, face au vent. Elle lissa son plumage, puis, après avoir tourné la tête, à droite et à gauche, elle prit son envol, glissant l'aile sur le vent en un léger battement. La dernière fois qu'il était venu, l'année passée, c'était pour retrouver Marilyn. Marilyn était responsable du service et l'avait convaincu de l'aider à retrouver un terroriste ; l'homme était sorti de tous les écrans radars des services de renseignement. Il la connaissait depuis longtemps, avait effectué des missions avec elle. Un inévitable lien de tendresse les avait réunis, rompu par l'entrée, toute platonique, de Mary dans l'environnement de son « mari fictif ». Jalouse, elle n'acceptait de le partager qu'avec sa femme... Partie tôt en retraite, la séduisante et blonde quinquagénaire avait trouvé un poste dans une société privée, en Italie. Elle s'était même mariée avec un industriel milanais, plus jeune qu'elle. Par un courriel récent, elle avait annoncé son divorce. Charles n'osait imaginer la suite, tant il la connaissait bien.

Sorti de ses rêveries, il vit arriver la Polo noire et reconnut la conductrice. Il partit à sa rencontre. Elle l'embrassa, simplement, en lui passant les bras autour du cou. Elle était spontanée. Un discret parfum de chèvrefeuille le troubla un bref instant. Un souvenir fugace, le ramena loin en arrière dans le temps. Une ville grise, triste, noyée dans la brume. Un visage de femme glissa sur l'écran blanc du souvenir puis s'estompa. Non, il n'avait pas oublié. Un saut d'une seconde dans une vie passée, un sentiment de toujours.

— Charles, on peut se tutoyer, ce serait mieux, non ?

— Bien sûr, tu as raison. Je suis admiratif de tes peintures. Quel talent tu as !

Elle rit, surprise. Ils marchèrent jusqu'au muret où s'était posée la mouette et descendirent sur la plage de sable fin, pour se rendre près des sculptures des Braves. Ces œuvres métalliques, brillantes, rendaient un hommage vibrant aux soldats américains qui avaient débarqué sur cette plage le 6 juin 1944. Les pertes avaient été lourdes et Omaha avait acquis, dans la douleur, le sang et les larmes, son appellation tragique d' « Omaha la sanglante ». Le cimetière américain de Colleville-sur-mer, proche, avait accueilli les dépouilles de 9387 soldats américains décédés lors de la bataille de Normandie. La bataille de Normandie, également surnommée « Stalingrad en Normandie », pour les pertes subies par l'armée allemande, resterait inscrite dans les mémoires, malheureusement réduite à peu de lignes dans les manuels d'histoire qui survivraient au nettoyage de l'Histoire. Qui se souvenait encore des mots visionnaires du maréchal Foch, *« Un peuple sans mémoire est un peuple sans avenir »*, alors que les nombreux cimetières militaires témoignaient des conséquences de la volonté de suprématie, dictée par le pouvoir et l'argent.

— Tu m'as dit, neuf mille trois cent quatre vingt sept tombes à Colleville. Combien y en a-t-il à La Cambe, demanda Lucie, pensive.

— Vingt et un mille deux cent vingt deux sépultures.

— Que du malheur. Mary m'a raconté ce qui vous est arrivé et l'accident du motard. Tu dois aller à la gendarmerie, sinon ça va recommencer !

— Pour que l'on me soupçonne ? Ils ne peuvent rien faire, crois-moi. Parle-moi un peu de ton travail... La phrase que tu as prononcée avant de nous quitter m'a fait une étrange impression.

Lucie ne répondit pas. Elle regardait un bateau au loin, la mer qui moutonnait, des mouettes tournoyant en vol.

— J'ai froid.

— Lucie, il y a un café là-bas, tu boiras quelque chose de chaud…

En marchant, elle se cala contre lui, sans un mot. La salle était déserte et Charles commanda deux chocolats « bien chaud ».

— C'est bizarre, j'ai l'impression de retrouver un père… Oh, pardonne-moi…Je ne veux pas dire que tu es complètement *cacochime…*

Il rit.

— Merci pour le compliment. Tu ne m'as pas répondu.

— Je n'ai pas connu mon père. J'étais trop petite quand il est mort en mission. Il était militaire. C'est ma mère qui m'a élevée, elles s'est tuée au travail pour que je ne manque de rien, que je puisse faire des études.

— As-tu des frères et sœurs ?

— J'ai un frère un peu plus âgé, officier dans l'armée de l'air. On ne le voit pas souvent, il est en Opex, je ne sais pas où… Il est entré très jeune dans un lycée militaire, on le voyait juste aux vacances. Je sais qu'il voulait éviter une charge à notre mère.

Elle regardait le fond de sa tasse vide. Charles fit signe au barman, le patron probablement. Il rapporta deux chocolats brûlants.

— J'en ai assez des microscopes et des éprouvettes. J'ai pris une année sabbatique pour 2018. Je pars en Auvergne…

— Il y a quelqu'un dans ta vie ?

— Il restera à Paris, ça me fera le plus grand bien. Je lui ai dit que je voulais faire une pause. Comme ça, il pourra continuer à spéculer sur l'empreinte carbone, le cours du blé, les ventes d'armes au Moyen-Orient et la faim dans le monde. J'oubliais, il est aussi écolo...
— Désolé...
— Tu ne pouvais pas savoir. Partons, allons parler dans la voiture. Il n'arrête pas de nous observer et doit penser des drôles de choses.

Charles paya. Dehors, le vent commençait à se lever, glacial. Ils partirent s'asseoir dans la voiture de Lucie. Elle démarra le moteur pour mettre du chauffage et après quelques minutes elle le coupa.

— Charles, mercredi 20, après-midi, je dois être à La Bourboule pour régler la prise en charge de mon appartement. C'est tout petit, mais je pourrai mettre un chevalet, mes peintures et aller faire du ski au Sancy. Mary a bien travaillé... Dans la matinée, nous avons rendez-vous avec le cousin de Lucien, le fermier. Il habite à côté d'Orcival. C'est juste à quelques kilomètres.
— Je connais... Et alors ?
— Ce serait vraiment bien si tu pouvais venir avec nous...
— Comment je vais expliquer à ma femme que je pars en ballade pour trois ou quatre jours avec deux adorables dames ?

Elle rit.
— C'est pour ta sécurité !
— Et la sienne ?
— Ne t'inquiète pas. Tu dois juste laisser ta voiture visible pour faire croire que tu es là. Ce n'est pas elle qui est visée, c'est toi. Elle comprendra et puis... Je crois que mon auteur adoré saura trouver les mots pour convaincre... Nous partirons

le mardi matin et rentrerons le jeudi. Ce n'est pas long, trois jours... On prendra ma voiture, la tienne est trop connue...

— Lucie, je crois que j'aurais raté quelque chose si je ne t'avais pas rencontrée.

— Rassure-toi, tu ne fais pas ton âge, dix ans de moins... Tu es plus jeune que bien des jeunes que j'ai croisé.

— Flatteuse, je ne te crois pas. C'est vrai, j'ai du mal à vieillir. Ce qui fait mal, c'est le regard des autres. J'ai l'impression que l'on me reproche d'être encore là, d'encombrer. Aujourd'hui, c'est le culte de la jeunesse, de la forme, du tweet oublié aussitôt envoyé. Il y a une volonté de dresser les générations les unes contre les autres, de diviser, de braquer les jeunes contre les anciens. Un individu politico-médiatique avait dit qu'il fallait supprimer les vieux de plus de soixante-quatorze ans. Il a dépassé l'âge-limite et ne s'est pas appliqué la règle. Je déteste le monde tel qu'il devient...

— Que d'amertume... Je crois que tu te sens très seul, c'est pour ça qu'un petit voyage te fera le plus grand bien.

La nuit assombrissait déjà la place. Lucie cala sa tête tout simplement sur l'épaule de Charles. Ils restèrent ainsi un long moment et elle parla, longtemps, de son enfance, de ses voyages à l'étranger, de ses travaux, de ses doutes, de ses espoirs, de sa solitude. Elle raconta à Charles ce qu'elle n'aurait jamais dit à personne d'autre, la perte d'un enfant quand elle était très jeune, la lamentable fuite du père avant la naissance, sa détresse, son refuge dans le travail et son échappée vers un autre ailleurs qu'elle n'avait jamais trouvé. Pour la première fois, en se confiant ainsi, un profond sentiment d'apaisement l'envahit.

— Je crois qu'il faut rentrer Lucie. Je te dirai si Emma accepte que je vous accompagne.

Le dimanche matin, l'ex-agent curieux d'examiner l'Enigma que lui avait confiée Mary, pour lui redonner un air de jeunesse, s'installa dans la buanderie, posant la machine sur le lave-linge. L'appareil, qui avait servi à crypter les messages d'une unité, avait été recueilli très certainement sur le lieu d'un affrontement où les opérateurs avaient perdu la vie. Comme beaucoup d'armes récupérées sur les champs de bataille, il avait été caché en attente de la fin de la guerre, comme souvenir ou objet à vendre ultérieurement. La caisse était en bon état et le clavier n'avait pas été abîmé. Un nettoyage suffirait dans un premier temps, avec un mélange de produits dont il avait le secret. Il plongea dans le mode d'emploi, concis et très bien documenté. Il lui fallut reconnaître que l'informatique militaire actuelle, de taille réduite, réalisait aujourd'hui des prouesses en matière de chiffrage, alors qu'à l'époque un simple ordinateur à tubes, limité à des additions, occupait d'immenses pièces. Qu'en serait-il dans soixante-treize ans ? Il sourit tristement en se demandant si l'humanité ne serait pas revenue à l'âge de pierre…

Emma arriva juste à cet instant.

— J'aurais besoin de la machine, enfin celle qui est dessous cet engin. Qu'est-ce que c'est ?

— C'est une Enigma, l'appareil mythique de la seconde guerre mondiale qui servait à rendre les messages illisibles pour l'ennemi. Les Allemands n'avaient pas compris que les codes avaient été cassés, ce qui a permis d'avancer la fin de la guerre.

— Et, en clair, peux-tu me dire ce que voulait Lucie ?

De l'Oklahoma,
Du Nebraska,
De Pennsylvanie,
De Californie,
Il est venu,
Il s'est battu,
Pour que l'on vibre,
Enfin libre,
Dans le combat,
Vola l'éclat,
Vola le malheur,
Qui brisa le cœur,
Dans le fracas,
Jusqu'au trépas,
Vola sa vie,
Ô ciel de Normandie !

Chapitre X

Basilique et brigand

« Un homme, une femme, chabadabada ». Sans qu'il le veuille, la célèbre musique du film trotta dans la tête de l'ancien agent. Comment obtenir de sa femme la permission de partir en promenade avec deux adorables dames pendant trois jours ? Le fait qu'elles soient deux amies pouvait faire pencher la balance favorablement. Emma n'avait aucune envie d'entreprendre un aussi long voyage. Lucie avait fait sa conquête ; elle avait apporté ses connaissances dans une affaire étrange. Charles l'avait émue en évoquant son histoire, une certaine notoriété cachant sa solitude. Elle était l'élément « sécurisant » dans cette aventure qui permettrait peut-être de découvrir cette troisième caisse mystérieuse et le fin mot de l'histoire. Charles semblait la voir un peu comme sa fille et si elle avait une serrure à remplacer ou un clou à planter elle ne pourrait pas trouver mieux ! Finalement, elle accepta de le laisser partir en charmante compagnie, intimement convaincue que les deux dames sauraient se neutraliser en cas de nécessité.

Mardi 19 décembre 2017

La région de Bayeux et la côte de Nacre se réveillèrent avec un ciel ensoleillé. La température affichée par le thermomètre était de quatre degrés, quand Charles ouvrit la porte à Lucie. Elle entra pour faire la bise à Emma et l'assurer qu'elle veillerait sur son petit mari ! Elle lui donna un numéro de téléphone à appeler si elle avait le moindre souci. Elle insista, « le moindre souci ». Un ami sûr viendrait l'aider aussitôt.

Ils partirent chercher Mary qui était prête et attendait patiemment. Ils décidèrent de partager le temps de conduite, comme précédemment, les frais.

Lucie prit la route de Caen et après avoir contourné la ville, quitta le périphérique sud en direction d'Alençon. Continuant sur l'autoroute, ils évitèrent de traverser Le Mans et se dirigèrent vers Tours. La circulation était fluide et la météo ne prévoyait pas de mauvais temps. Ils se relayèrent pour la conduite. Six heures après avoir quitté Caen, ils arrivèrent à l'entrée de Clermont-Ferrand, dans la grisaille. Charles connaissait la ville et prit la direction de Tulle. Mary fut surprise par l'architecture disparate, l'état de certaines routes peu entretenues, auxquelles les automobilistes ne semblaient plus prêter attention, ce qui devait faire le bonheur des garagistes. Après avoir quitté l'agglomération clermontoise, il prit la direction du Mont-Dore. Avant Saulzet-le-chaud, il tourna à droite et, après avoir roulé quelques centaines de mètres, ils arrivèrent enfin à l'hôtel. Il était seize heures.

Lucie et Mary découvrirent leur chambre, simple mais propre. Charles posa son bagage dans la sienne. Il appela Emma pour lui confirmer son arrivée et échanger les nouvelles. Après avoir pris une douche brûlante, il alla en salle pour boire une bière. La complicité des dames l'agaçait un peu et Lucie,

bien que plus jeune, semblait le provoquer, gentiment. Cherchait-elle à rendre Mary jalouse ?
   Lucie vint le rejoindre. Elle était souriante et taquine.
   — Charles, je trouve ça drôle. Nous nous sommes pratiquement tutoyés tout de suite. On se fait la bise et toi avec Mary... Vous ressemblez à des gens de la haute... Nous nous vouvoyons, très chère amie... Si tu veux, je prends ta chambre, on change. Non... J'ai une meilleure idée...
   — Arrête. Tu pourrais être ma fille.
   — Mais je ne le suis pas...
   — Je suis marié, Lucie...
   — Tu ne vois pas que je galèje ? Je n'aime pas son mec ! Vous allez mieux ensemble. Vous vous ressemblez...
   Charles préféra ne pas répondre. Lucie faisait autorité en son domaine. Il avait lu plusieurs de ses publications dans le *Lancet*, revue scientifique dans laquelle il n'était pas possible d'être publiée sans de réelles compétences ; et être approuvée par ses pairs. Avec le même talent, elle peignait, elle écrivait des livres pour les enfants qu'elle agrémentait de merveilleuses aquarelles. Elle avait un compagnon, auquel elle ne semblait pas trop tenir. À quarante-quatre ans, elle en paressait dix de moins et l'intérêt qu'elle portait à Charles semblait sincère, même si le ton de la légèreté dominait le plus généralement ; il lui donnait des airs d'adolescente frondeuse. Elle lui avait raconté beaucoup d'événements de sa vie avec une confiance absolue. Elle pouvait passer du ton le plus grave à une bonne humeur communicative. « Les gens sérieux ne sont jamais graves », lui avait-elle affirmé en riant.
   Elle sirotait lentement un jus de fruit en regardant Charles. L'arrivée de Mary mit fin à la bravade. Elle prit un chocolat et rappela le but du déplacement. Le lendemain matin, ils avaient rendez-vous avec le cousin de Lucien à Orcival, entre dix et

onze heures. En attendant le repas du soir, Charles proposa d'aller visiter le plateau de Gergovie. Les dames approuvèrent. Les voyageurs avaient apporté des vêtements chauds qui se révélèrent utiles. La température avoisinait le zéro degré et une sorte de brouillard filandreux faisait son apparition, s'accrochant aux sapins de la forêt proche, juste en face de l'hôtel. En une plainte lancinante, le vent sifflait dans les câbles électriques d'un pylône, planté au sommet du massif forestier.

L'oppidum se trouvait à quelques kilomètres de distance et la route conduisit au sommet d'un col, jusqu'à un carrefour chargé d'histoire. La route de droite menait à Opme, village bâti sur le parcours de l'ancienne voie romaine qui reliait l'actuel Clermont-Ferrand au Puy-en-Velay. La tour de garde qui sécurisait les lieux fut ensuite transformée en château et devint la propriété des comtes d'Auvergne puis des dauphins d'Auvergne. Le général de Lattre de Tassigny y séjourna de juillet 1940 à septembre 1941 et y créa l'école des cadres d'Opme, pour former les cadres de l'armée française nouvelle.

À la troisième sortie, une petite route sinueuse traversant une zone boisée, suivie d'une pente très raide conduisait jusqu'au plateau, résultat d'une coulée de lave provenant d'un puy voisin. En l'an − 52 avant JC, les troupes gauloises de Vercingétorix y tenaient un camp imprenable. Elles avaient repoussé victorieusement les assauts des légions romaines de Jules César qui assiégeaient l'oppidum. Le long du parcours apparaissaient des emplacements révélant des fouilles et, en arrivant près du musée, les visiteurs découvrirent une vue impressionnante. Entre des vagues de brouillard, soufflé par un vent glacial, la plaine de la Limagne et les coteaux voisins, apparaissaient parfois, constellés de petites étoiles de toutes les couleurs.

Lucie roula doucement jusqu'au pied du monument en lave et se gara finalement vers l'entrée du café.

Le monument en pierre de Volvic avait été élevé en 1900 par un architecte clermontois, Jean Teillard, pour célébrer la victoire de Vercingétorix. Lucie escalada les gradins pour prendre Mary et Charles en photo, puis les lieux, la plaine recouverte d'un voile blanc, battu par Éole. Malgré la pénombre qui recouvrait progressivement le plateau, ils partirent à la découverte du site, en suivant un sentier herbeux. À proximité du chemin, des moutons paissaient une herbe grasse et froide, indifférents à la sympathique inquiétude des promeneurs. Comment pouvait-on laisser dehors, par un tel temps, des animaux même pourvus d'un épais manteau de laine ! Le vent était trop froid, la visibilité incertaine et ils décidèrent de rentrer pour dîner. Après le repas, narquoise, Lucie proposa.

— On part en boîte ?

Elle fut surprise en entendant une réponse positive. La sortie commença par une visite de Royat « by night », morne, désert, et l'observation du Paradis, une splendide bâtisse d'allure médiévale, perchée sur une falaise, dont le restaurant et le bar étaient fermés. Il avait servi de QG au commandement allemand, après l'invasion de la zone libre en 1942. Ils cherchèrent un endroit sympathique pour finir la soirée. Des jeunes gens agités, en dispute avec le vigile devant la porte d'un « club de nuit », les dissuadèrent d'entrer. La visite nocturne de Clermont se poursuivit avec un dernier arrêt sur la place de Jaude illuminée. Les dames éprouvaient le besoin de sentir l'ambiance de cette ville estudiantine et, plus probablement l'envie d'une boisson chaude et de quelques gâteaux. Dans le cabaret, combien de carabins en goguette se doutèrent-ils qu'ils côtoyaient, en cet instant, une scientifique de renom, dont ils auraient à étudier les travaux ?

Le départ, le lendemain, fut fixé à neuf heures et les dames s'accordèrent pour laisser la conduite à Charles qui avait davantage la pratique des routes de montagne. Le temps de trajet était de quarante minutes à peine, mais les routes, en bon état de chaussée, étaient très accidentées. Peu de temps après le départ, il prononça d'une voix grave la formule issue de la terreur populaire locale ancienne : « Que Dieu vous garde de Mornac ». Ils entraient sur les terres de Mornac, le brigand légendaire qui avait sévi sur le secteur autour des années 1850. Né d'une bonne famille en 1802, à Laqueuille, devenu « maître d'école non autorisé », instituteur libre, il avait très vite dérapé à partir de 1828, pratiqué les bagarres, le vol, et torturé pour extorquer leur magot à ceux qui avaient le malheur de croiser sa route. Devenu la terreur, il avait mis la gendarmerie en échec pendant cinq ans, impuissante à le capturer. Cela lui avait valu un premier séjour de dix ans au bagne de Toulon d'où il était ressorti en 1844 et un second à perpétuité en 1852, suite à des affaires de vols et de meurtres. Déclaré aliéné mental après un séjour de sept ans à la forteresse de Belle-île-en-mer, il avait été transféré à l'asile de Léhon où il était décédé en 1869, à l'âge de 68 ans.

Les dames furent impressionnées et Charles leur expliqua qu'elles allaient voir, également, des lieux où avaient sévi d'autres brigands, pendant la guerre de cent ans.

— Il ne reste plus qu'à croiser une cohorte romaine égarée, commenta Mary.

Après avoir traversé les villages d'Aurières et de Vernines, ils arrivèrent à l'entrée d'Orcival, avant dix heures. Le GPS décrocha soudain et ils se garèrent sur la place centrale. La magnifique basilique de style auvergnat, bâtie au XIIe siècle, les attira et ils commencèrent une visite prenante. La statue de la Vierge Marie à l'enfant, la Vierge en Majesté, était vénérée depuis le XIe siècle. La pierre noire et la pénombre étaient propice à la prière. Mary alluma un cierge et s'isola. Lucie admira le chevet et les chapiteaux magnifiquement ouvragés. Charles laissa ses pensées s'égarer en contemplant les vitraux baignés de lumière. Après un moment de méditation dans la crypte, il fallut repartir. Voyant venir un passant Lucie demanda le lieu exact où habitait le cousin, monsieur Pierre Doué.

— Ah oui, vous cherchez l'adjudant-chef ?

— Oui, c'est bien ça...

Le quidam indiqua un chemin assez compliqué qu'ils suivirent à la lettre, en se perdant à deux reprises, pour arriver au pied d'une maison très isolée. Il était dix heures vingt précises.

Mary sonna au portail, en bas du jardin. Après quelques minutes un homme fit son apparition à la porte de la demeure et vint à leur rencontre.

— Avez-vous fait bon voyage ? demanda-t-il.

Ils confirmèrent, parlèrent de banalités et furent invités à entrer. Les visiteurs avaient apporté avec eux des souvenirs normands, calvados et pommeau de la ferme à Lucien, des caramels et autres délicatesses. L'homme était sympathique et proposa du café accompagné de gâteaux. Il présenta les excuses de sa femme qui avait un rendez-vous chez un ophtalmologiste au Mont-Dore, rendez-vous à ne pas manquer puisqu'il était pris depuis six mois. Mary expliqua les conditions dans lesquelles le journal de sa mère avait été retrouvé dans l'une des caisses. Pierre Doué le lut avec beaucoup d'attention et le reposa sur la table.

— C'est émouvant. Ma mère m'avait parlé de mon père quand j'étais petit. Le fait qu'elle m'ait appelé Pierre confirme bien tout ça, Pierre, Peter... Je me souviens qu'elle était partie en Angleterre, en 1950, pour essayer de le retrouver. Manchester et sa région, c'est grand ! Ensuite il y a eu des années de silence. À dix-huit ans je me suis engagé dans l'armée et je suis passé à autre chose.

— Mais l'avait-elle retrouvé ou bien des traces ? Qu'est-il devenu ? interrogea Mary.

— Elle n'en a jamais parlé. Elle était très secrète, malheureusement. J'aurais aimé en savoir plus. J'ai failli aller faire des recherches. Même avec ça, je n'ai pas d'éléments pour trouver quoique ce soit. C'est trop tard.

— Comment ce journal, écrit après son arrivée en Auvergne, a-t-il pu se retrouver caché dans une caisse à la ferme ? questionna Lucie.

Pierre Doué réfléchit un instant.

— Elle allait voir son frère, surtout après que je me sois engagé. Il est possible qu'elle l'ait mis à ce moment. C'était très facile à faire. Les souvenirs avec les souvenirs... Je vous remercie beaucoup d'avoir pensé à moi et d'avoir fait un si long voyage pour me remettre son journal, même si vous allez à La Bourboule, si j'ai bien compris ce que m'a dit Lucien.

— A-t-elle laissé d'autres documents, papiers, coupures de presse, je ne sais quoi, dans une caisse ou des cartons ? se risqua Charles.

— Je n'ai jamais rien trouvé qui puisse m'apporter la moindre explication. Au cours de ma carrière militaire, j'ai dû faire dix-sept ou dix-huit déménagements. La cousine est morte et la maison a été vendue. Ma mère a vécu un temps en location à Laqueuille et elle est décédée en 1987, je ne sais plus très bien... vous voyez. Je n'avais même pas pu venir à son enterrement, j'étais coincé au Tchad. Alors, les histoires du débarquement, le père, tout ça c'était loin de mes préoccupations.

Il y eut un silence et Pierre Doué s'adressa à Charles.

— J'ai comme l'impression que nous nous sommes déjà rencontrés, mais c'est loin. Le visage, c'est ça. Vous étiez beaucoup plus jeune... Moi aussi. J'étais stationné en Allemagne. J'étais à la Sécurité militaire à la fin des années soixante, à Baden... Pourrait-il s'agir de cette période ?

— Ça y est... Je vous remets... J'y étais à cette époque. Vous n'alliez pas danser à côté d'Achern, au *Gasthaus « Zum Ochsen »* ?

— Tout à fait... J'y ai rencontré ma femme...

— Ilona ?

— C'est bien elle. Ça alors ! Quelle mémoire ! Nous nous sommes mariés là-bas. C'est vrai, ça me revient aussi, nous avions passé deux ou trois soirées à la même table, pendant le *Fasching*[23], c'était super... Je ne sais plus quand... Comme la vie est étrange. Il y a des choses qui restent dans la mémoire... et des routes qui se croisent.

Les souvenirs affluaient. Mary et Lucie écoutaient attentivement les anciens combattants.

Pierre Doué toussota.

— Je me trompe peut-être... Il me revient une histoire en mémoire. Vous connaissiez le commandant Jean Steiner ?

— Oui, très bien... Et ?

— Il y avait eu une disparition, une jeune femme française, suite à un accident, en hiver... ça vous dit quelque chose ?

— Oui. Elle s'appelait Anna F. C'était une amie.

---

[23] Période du carnaval.

Un ange passa. Pierre Doué reprit.

— Steiner nous avait demandé de l'aide pour la retrouver. Vous n'étiez pas revenu ensuite pour enquêter ? Un policier allemand ami m'en avait parlé.

— C'est exact. J'avais été expédié en Afrique et, brusquement, je n'avais plus aucune nouvelle. Je voulais savoir ce qu'il lui était arrivé. Que savez-vous ?

— Ça m'ennuie de vous le dire, mais nous n'avions pas retrouvé sa trace. Elle n'avait qu'un frère et s'il savait quelque chose, il n'avait rien dit. On avait cuisiné sérieusement le conducteur, mais le gars n'y était pour rien. La voiture avait été poussée. Je ne pense pas qu'il se soit agi de la Stasi, ce n'était pas leur activité ; peut-être le GRU[24], sans grande conviction. De toute façon elle ne détenait pas de secret majeur, nous avait-on dit. Bon... ça c'est la version officielle. En réalité, plus tard, elle vivait dans la région de Séville, en Espagne. Je ne pourrais pas vous en dire plus, mais elle y était en 2010. De beaux états de service... Elle ne doit pas compter sur la France pour la remercier !

— Je vous remercie. Il me suffit de savoir qu'elle est peut-être toujours en vie. Dieu reconnaîtra les siens...

Mary regarda Lucie. Il était temps de s'en aller. Ils parlèrent encore pendant un petit moment et, avant de partir, Pierre Doué leur conseilla un restaurant au Mont-Dore et de s'arrêter d'abord pour voir le siège des brigands anglais ! Ils se reverraient peut-être en Normandie car il avait projeté d'aller voir son cousin Lucien, au printemps.

En repartant, Mary retint Lucie à part, pour ne pas être entendue, et s'inquiéta ouvertement.

---

[24] Glavnoe Razvedivatel'noe Upravlenie (GRU) - Service de renseignement de l'armée rouge.

— Il ne va pas partir en Espagne ? Qu'a-t-il voulut dire avec Dieu reconnaîtra les siens ?
— Non, il ne partira pas en Espagne. Pierre Doué a oublié de dire toute la vérité.
— Comment sais-tu ça ?
— Il a parlé au présent pour les états de service. Je t'expliquerai ce soir à l'hôtel. Le secret des haies…

Victor Mornac monstre exécrable
Couvert d'un voile assassin,
Comment te peindre assez coupable,
La plume s'y refuse enfin.

Dans les montagnes de l'Auvergne
Régnaient la terreur et l'effroi.
Et jusqu'aux plaines de la Limagne
Ton nom mettait tout en émoi.

Deux premiers couplets de la complainte de Mornac
Marchal, parolier du XIXe siècle.

Chapitre XI

Terre de volcans

Après avoir quitté Orcival, ils suivirent une route sinueuse, à travers une forêt de sapins, et arrivèrent sur le parking des Roches Tuillière et Sanadoire. La vue plongeante dans le vallon était une invitation à devenir oiseau pour s'envoler, flotter un court instant dans le vent et fondre jusqu'au fond de la vallée.

À gauche, la Roche Tuilière, composée de phonolite, avait la caractéristique de répercuter l'écho de façon surprenante. La phonolite avait été exploitée et débitée en dalles ; utilisées comme lauzes, elle recouvrait le toit des maisons. En frappant une dalle se produisait un son clair. Charles expliqua aux visiteuses une autre caractéristique de la pierre. Les voûtes de la salle de l'écho de l'abbaye de La Chaise-Dieu, construites en phonolite, permettaient d'entendre un chuchotement en se plaçant face au mur, à chaque extrémité d'une diagonale de la pièce. Cette caractéristique aurait permis de confesser les lépreux, à huit – dix mètres de distance, au Moyen-âge, car les mots prononcés étaient inaudibles ailleurs dans la salle.

À droite, sur la Roche Sanadoire, la commanderie était tenue par des pillards anglais pendant la guerre de cent ans, jusqu'en 1375, où elle fut prise d'assaut par le duc de Bourbon.

— Les Anglais aimaient les voyages, enfin venir narguer les Gaulois c'était prendre des risques. J'espère que l'on n'aura pas de la cuisine anglaise à midi ! confia Lucie en riant.

Ils s'arrêtèrent ensuite au lac de Guéry. Quand les hivers étaient plus rigoureux, cette immense étendue d'eau était souvent gelée. Bien sûr, ce n'était pas le lac Baïkal, la perle bleue de Sibérie, mais il était possible de pratiquer le patin à glace. De virages en tournants et de tournants en virages, ils arrivèrent enfin au Mont-Dore. La ville n'était pas envahie par les skieurs, mais les commerçant espéraient d'abondantes chutes de neige.

Après le repas Lucie prit le volant et Mary s'assit en place avant tandis que Charles se tassait à l'arrière. La visite du matin l'avait laissé plein d'interrogations. Il sentait que Pierre Doué n'avait pas dit toute la vérité, qu'il avait caché quelque chose concernant Anna.

À La Bourboule, Lucie se gara devant l'agence immobilière, non loin des Thermes. L'accueil fut cordial et l'agent immobilier, un jeune homme attentionné, proposa d'aller voir l'appartement, situé près du parc Fenestre. Il emmena tout le monde dans sa voiture jusqu'à un petit immeuble situé en bordure des bois. Lucie l'avait déjà vu en photos et fut agréablement surprise. L'appartement était bien meublé, les rideaux aux fenêtres étaient propres et la cuisine correctement équipée. Les voisins, selon l'agent, étaient des personnes tranquilles et elle pourrait profiter pleinement de la ville et de ses environs.

« Il y avait dans le passé, expliqua-t-il, un funiculaire qui montait jusqu'au massif de Charlannes, ensuite il avait été remplacé par un téléphérique, malheureusement hors service. Une route permettait de se rendre au sommet et de contempler la ville ». Il se proposait même, si elle le souhaitait, de lui faire découvrir la région...

— Ça y est, tu as fait une conquête, lui glissa Mary à l'oreille, pendant que Charles s'occupait de vérifier les sécurités électriques et les évacuations d'eau...

— Je les préfère un peu plus âgés, moi...

Ils retournèrent à l'agence où Lucie remplit les papiers habituels, dont les chèques... Elle était contente et prévoyait son arrivée début janvier. Le jeune agent ne savait que faire pour s'assurer la conquête de Lucie, sous le regard un peu agacé de Mary. « Non ce ne sont pas mes parents » précisa Lucie, assez flattée.

Pour rentrer, Mary n'avait pas vraiment envie de conduire dans tous ces virages et Charles, gentleman, se dévoua. Au retour il y avait à peu près autant de tournants qu'à l'aller !

Le gentleman ramena les dames à l'hôtel alors que la nuit commençait à étendre son manteau d'ombre sur la terre des volcans.

Mary et Lucie étaient fatiguées en regagnant leur chambre. Elles n'avaient pas l'habitude de circuler sur les routes de montagne auvergnates, où les virages succèdent aux virages, longeant parfois les ravins ou plongeant dans l'obscurité soudaine d'un bois de sapins.

— Lucie, tu es sûre que tu ne vas pas t'ennuyer ? Ça n'a pas l'air très gai.

— Non, j'ai vraiment besoin de décrocher pendant un temps, de vivre autrement.

Après un moment de silence, Mary poursuivit.

— Le secret des haies ! Tu pourrais m'en dire un peu plus, j'ai l'impression d'avoir raté la marche...

— Je ne peux pas tout te dire. Je te raconterai plus tard... Pierre Doué, porte le nom de sa mère. C'est le même que celui de son cousin Lucien. En 1972, Pierre avait été muté dans l'artillerie et s'était retrouvé à Caen, à la caserne Kœnig, exactement à Bretteville-sur-Odon. Ilona, c'est sa première femme, celle qui sortait avec sa bande d'amis, en Allemagne. Ils s'étaient bien mariés mais... Quand elle a fait la connaissance de Lucien, les choses ont changé brutalement. Ils sont devenus amants, elle a demandé le divorce et elle a épousé l'autre Doué, Lucien, quelques années plus tard.

— Je commence à comprendre pourquoi ce n'est pas le grand amour entre les cousins... La suite ? demanda Mary, curieuse.

— Ilona est décédée au début des années quatre-vingt-dix et Lucien ne s'est pas remarié. En 1992, Pierre a quitté l'armée après trente ans de service, enfin quelque chose comme ça. Il a trouvé une bonne place dans une société de sécurité et a été envoyé en Espagne. Il y a rencontré Anna ! Ils se sont mariés quand il a pris sa retraite définitive et ils sont venus se planquer ici, si je peux dire... Tu vas me dire que ça pourrait faire un bon complément pour le livre qu'écrit Charles en ce moment, hasard et destin...

— Tu en es certaine, Lucie ?

— Absolument, enfin presque. Sur le buffet, j'ai vu une enveloppe. La destinatrice était Anna Doué. Je doute que ce soit une pure coïncidence, le prénom Anna n'est pas très répandu. Autrement, il n'aurait pas ramené cette histoire sur le

tapis. Des histoires, il y en a beaucoup d'autres. Pourquoi celle-là précisément ? Il voulait savoir, se conforter ?
— C'est ahurissant ! Mais enfin, d'où sais-tu tout ça ? Charles le sait ?
— Je pense qu'il doit se douter de quelque chose, j'ai remarqué qu'il avait vu l'enveloppe. Je t'expliquerai le reste plus tard. Tu vois, ce qui est le plus drôle, si c'est exact, les routes de Charles et d'Anna se sont croisées à nouveau, des années après. Il suffisait de quelques heures pour qu'ils se rencontrent !
— Que faut-il faire ? Lui faire part de nos suppositions ? Qu'est-ce que ça va provoquer après tout ce temps si on le lui dit ? Quelle était leur relation exacte ? s'inquiéta Mary.
— Certainement sérieuse pour qu'il soit revenu enquêter. Il faut patienter un peu.

Au dîner, Charles s'inquiéta et demanda à Lucie si elle n'allait pas s'ennuyer, une fois installée à La Bourboule. Il semblait perturbé. Il glissa une phrase dans la conversation.
— Il n'a pas dit toute la vérité. Quelque chose m'échappe. Sur le buffet, j'ai vu une lettre adressée à Anna Doué. Ce n'est pas un prénom très répandu et le fait qu'il ressorte cette histoire de disparition m'intrigue. Pourquoi ?
Mary et Lucie se taisaient. Lucie se décida enfin à parler et Charles, stupéfait, confirma.
— J'ai le sentiment que c'est bien elle. Comment a-t-il su que je serai avec vous ?
— Mary n'avait pas précisé qui tu étais. Peut-être que les murs ont des oreilles ? susurra Lucie.
Mary parla avec sagesse.
— Il faut laisser agir le temps et si elle veut reprendre contact, elle le fera. J'ai laissé des prospectus du musée et vous

avez laissé votre carte avec le numéro du téléphone. Il ne faut rien brusquer.
À cet instant, le téléphone de Charles vibra. Il s'excusa et s'absenta pour aller répondre, à l'extérieur.
— Toi, Mary, tu ferais mieux de brusquer les choses ! s'irrita la biologiste.
Quand il revint, vingt minutes après, il avait changé de visage. Les dames le regardèrent d'un air inquisiteur, pour lui faire avouer l'identité de l'appelant.
— C'était Anna... Elle va bien.
Lucie ne put s'empêcher de commenter à voix basse.
— C'est incroyable. Nous sommes partis de quelques bonbons volés dans un tiroir et d'un papier froissé, pour nous retrouver au fin fond de l'Auvergne à élucider une histoire de Guerre froide ; et nous n'avons pas la moindre piste pour une hypothétique troisième caisse qui pourrait contenir un trésor ! Et nous ne savons toujours pas quel esprit tordu nous a fait partir dans cette aventure, ni quelle en est la raison véritable.

Jeudi 21 décembre 2017

Mary conduisit au retour. Concentrée sur la conduite, cela lui évitait de parler et rares furent les conversations. Le premier jour de l'hiver s'annonçait triste comme le chemin à parcourir. En arrivant en Normandie le temps était couvert. Ils allèrent en premier chez Mary, contente de retrouver son monde familier. En ouvrant son ordinateur, elle retrouverait les photos que Lucie avait prises et déjà envoyées, avec un commentaire dont elle aurait la surprise.
Emma ne semblait pas particulièrement ravie de retrouver les voyageurs. Elle les fit entrer et proposa de préparer du café.

Lucie ne souhaitait pas s'attarder, mais Emma voulu faire part du résultat de ses recherches.
— Vous vous êtes plantés ! Vous cherchez une caisse en bois pour les bandes de mitrailleuses MG 42. J'ai fait une recherche sur Internet. Les caisses de bandes étaient métalliques, de couleur kaki, enfin vert armée ! Je pense qu'elles s'accrochaient directement à la mitrailleuse, prêtes à l'emploi, et moi... je n'ai pas été militaire !
— Félicitations, j'ai toujours dit que tu aurais fait une super enquêtrice ! Circonstances atténuantes, nous n'avions pas des engins comme ça...reconnut Charles, admiratif.
— Mais ce n'est pas tout. J'ai examiné les papiers ramenés avec l'Enigma. Ça mérite une lecture approfondie, mais je ne comprends pas assez bien l'allemand. Je crois que le colonel-banquier avait tout un râtelier contre les Nazis ! Il a eu de la chance de ne pas s'être fait prendre. Sait-on ce qu'est devenu cet homme ?
— Non, aucune idée. Mais s'il a participé au complot de juillet quarante-quatre, j'ai bien peur qu'il n'ait eu un sort funeste.
Lucie suggéra de consulter, plus tard, les archives militaires à Freiburg-im-Breisgau. Emma reprit.
— Sur certaines feuilles il y a des taches. On dirait de la graisse. Regardez, Lucie...
— En effet. Probablement de la graisse des munitions. Je peux demander à un ami de faire une chromatographie si on veut en avoir le cœur net. Il a un laboratoire indépendant à Rouen.
Elle examina les feuilles tendues par Emma.
— En effet, à l'époque c'était du lourd ! Il aurait fini pendu à un fil d'acier comme l'amiral Canaris. Des vrais barbares. Je

garde celle-ci, il n'y a rien de spécial. Je vais lui téléphoner et je passerai le voir demain en allant à Paris.

Ils se regardèrent et furent pris d'un fou rire nerveux. Emma enchaîna.

— La caisse n'est pas très large et les papiers pouvaient tenir dedans, cachés au fond. Le père de Lucien aura eu besoin d'une caisse en métal, peut-être pour ranger des outils, et se sera souvenu de cette caisse dans la planque. Il aura remis les papiers n'importe comment. Heureusement qu'il ne les a pas fait brûler.

— Si je comprends bien, il y a dans un débarras ou au fond d'un hangar, une caisse de la sorte avec des outils rouillés. Il faut interroger Lucien, conclut Charles.

— Et pour le trésor, le coffre de pirate plein de diamants, on repassera, se désola Lucie, faisant mine de pleurer en sortant son mouchoir.

Lucie embrassa le couple et partit à Port-en-Bessin où elle logeait chez sa mère.

Charles envoya un SMS à Mary, lui demandant de le rappeler, ce qu'elle fit presque aussitôt. Après lui avoir expliqué le contenu des papiers, la tache de graisse et rappelé le cadeau destiné à Lucien Doué, de la part de son cousin, il souhaitait ne pas attendre pour rendre visite au fermier. Mary lui demanda de venir la chercher au musée le lendemain en début d'après-midi après qu'elle eut averti Lucien. Emma s'agaça.

— Tu étais avec elle pendant trois jours, elle te manque déjà ?

— Ça n'a rien à voir ! Je veux en finir avec cette histoire de troisième caisse. Pour Lucien, on a ramené un fromage de Saint-Nectaire, le frère de celui que tu as mis en bas du frigo.

Si on attend trop il va s'échapper. On essaiera de comprendre ce qu'a voulu faire le colonel-banquier et j'espère que cette affaire s'arrêtera enfin.

Après le dîner, il s'endormit devant la télévision, n'ayant rien raté d'un programme dépourvu d'intérêt.

Le lendemain, Mary l'attendait. Son ami était parti au stade Malherbe à Caen, pour voir une équipe. Elle était un peu agacée et parla peu pendant le trajet. Charles retrouva le chemin et en arrivant à la ferme, ils furent accueillis par les chiens. Finalement Lucien arriva et ils purent descendre de voiture. En voyant le fromage, le fermier se dérida enfin.

— Il a dû dire du mal de moi !

— Pas du tout. Il aimerait bien vous revoir.

— Ah…

Après avoir discuté et sacrifié au rituel du calvados, Charles posa la question de confiance concernant la « caisse à outils ».

— Oui, j'ai encore une caisse qui date de mon père. Ça ne vaut plus grand-chose et les outils sont rouillés. Je l'ai gardée en souvenir. Vous voulez la voir ?

— Si ça ne vous dérange pas…

Ils partirent au fond d'une remise qui servait d'atelier et, du bas d'une étagère recouverte de poussière, il sortit une caisse de munitions pour mitrailleuse MG 42. À l'ouverture Mary vit de suite le papier qui était collé au fond. Après en avoir sorti les outils, Lucien retira la feuille avec précautions, enfin ce qui en restait tant elle était abîmée. Ils devinèrent, plus qu'ils ne lurent, quelques mots d'un acte d'accusation, en allemand, contre un consortium d'aciéries.

— Il n y a pas de doute, c'est la même écriture que celle qui est sur les autres feuilles. C'est celle du banquier-colonel ! C'est la troisième caisse…

Lucien avoua qu'il ne s'était jamais posé la question de savoir si l'Histoire aurait pu changer son cours, en s'arrêtant dans une ferme entourée de haies, dans les marais du Bessin. Il était trop tard. Quelques jours plus tard, les paras du 508ème régiment de la 82ème division parachutiste américaine, la *82ème Airborne*, allaient livrer une bataille héroïque, à Picauville, contre la 91ème division aéroportée allemande, *die 91e Luftland Infanterie-Division*.

À vous, volcans,
Qui me virent enfant,
Dans les forêts courant,
Par neige et par vent.

Chapitre XII

Le choc

Lundi 25 décembre 2017 – Jour de Noël

Mary avait annoncé la visite de ses enfants pour les fêtes. Julie habitait à Rouen et son fils Louis travaillait en Belgique, à Anvers, comme ingénieur dans l'industrie pétrolière. Elle ferma le musée et ne cacha pas sa joie, laissant le soin à Charles de traduire les pages écrites par le banquier.

Dès le samedi, il avait nettoyé l'Enigma avec soin et réparé deux éclats sur le bois de la caisse ; l'appareil semblait neuf, comme sorti de fabrication. Il reçut même les félicitations d'Emma.

La traduction des feuilles écrites par le colonel-banquier fut plus ardue. Qu'avait vu cet homme dont il ne trouva pas le nom, ce qui était logique, pour qu'il en arrive en pleine guerre, sur le terrain, à récapituler toutes les dérives qui avaient conduit l'Europe au désastre. Il connaissait forcément les risques encourus et malgré cela il avait voulu témoigner. De crainte que personne ne puisse le faire après le carnage[25] ?

Il accusait les industriels allemands et américains d'avoir financé le parti nazi. Il dénonçait les accords bancaires, le système qui permettait d'acheminer l'argent vers l'Allemagne nazie et celui qui conduisait l'argent nazi aux États-Unis, via les Pays-bas. Il dénonçait l'utilisation d'une main d'œuvre gratuite de prisonniers dans l'industrie chimique, pour la fabrication du caoutchouc et de l'essence synthétique et d'autres choses qu'il raya. Selon lui, lors du Krach boursier de 1929, les banques internationales n'avaient pas voulu résoudre la crise en aidant le développement économique dans l'intérêt des nations. Elles avaient encouragé la création de gouvernements fascistes pour garder la mainmise sur la finance internationale. Il avait la preuve que des fortunes s'étaient constituées sur le malheur des hommes et la certitude qu'elles continueraient à prospérer, même après la fin de la guerre ; il faudrait bien en engranger les bénéfices[26] !

Mercredi 27 Décembre 2017

Lorsque Emma apporta le courrier de la boîte aux lettres, elle prit un air mystérieux en tendant une enveloppe à son mari. Elle portait le très beau logo d'une société d'édition belge, *Les*

---

[25] Le procès de Nuremberg (1947) révélera des noms de personnes et d'entreprises responsables, noms qui se retrouveront en première ligne lors des conflits qui suivront, notamment au Moyen-Orient.

[26] Quand les braises de l'incendie qui ravagea l'Europe furent à peu près éteintes, de nombreux capitaux évacués en Amérique du sud, à partir de 1944 (conférence de Strasbourg), revinrent en Allemagne. Des industriels furent dédommagés pour la destruction, par les bombardements, de leurs usines qui avaient continué à fonctionner dans l'Allemagne nazie. Toutes les informations n'ont pu être détruites. Les écrits restent.

Editions d'Anvers – De Edities van Antwerpen. Très intriguée, elle pressa Charles d'ouvrir le courrier. Il sourit d'abord, puis son visage se rembrunit et il se demanda par quel stratagème il pourrait s'en sortir.

— C'est un éditeur belge qui a lu mon dernier roman et souhaiterait me rencontrer. Il passera à Nantes et à Saint-Lô prochainement. Il cherche des livres français pour les francophones.

— Fais voir... Si, fais voir, insista-t-elle en le voyant hésiter.

La lettre était manuscrite et non pas une formule classique, « Times New roman caractères de 12 », destinée à se débarrasser d'un auteur ne se situant pas dans la ligne rédactionnelle. La réponse, même de cette nature, étant en soi chose rare... Le visage d'Emma se ferma à la lecture.

Cher Monsieur Dubois,

Une amie commune, Marilyn, rencontrée naguère à l'ambassade française de Washington, m'a beaucoup parlé de vous et de vos talents d'écrivain. J'ai lu d'une traite votre dernier roman d'espionnage « Les nuits de Vienne » en regrettant qu'il n'y ait pas de suite. Je viens en France la semaine prochaine, à Nantes, et peux à mon retour faire le détour par Saint-Lô ou ailleurs, à votre convenance, pour vous rencontrer, car m'a-t-elle écrit, vous avez un projet en cours. Je cherche à publier des auteurs francophones et je crois qu'en France, cela n'est pas toujours facile pour eux. Nous pourrions peut-être avoir un point d'entente, tel serait mon souhait et, j'espère, le vôtre.

Dans l'attente de votre appel. Avec mes meilleures salutations.

Dieter van Heerten
Tel + 32 49xxxxxxx

— Qui est cette Marilyn ?
— C'est une ancienne collègue...
— Tu as des collègues qui travaillent dans des ambassades ?
— C'est vieux. Ils sont restés en relation, c'est tout, et elle veut m'aider. En plus, je parie qu'il sera tenté de faire paraître le nouveau en néerlandais et même en anglais !
— Tu y crois ?
— Ça se négocie...
— Cette collègue, tu la vois ?
— Elle vit en Italie et elle est mariée...
— Eh bien, qu'elle y reste et qu'elle ne remette plus jamais les pieds ici !

Charles appela Mary au musée. Il voulait lui ramener l'Enigma mise à neuf et lui remettre les papiers avec les traductions. Elle le rassura en lui disant qu'il n'y avait eu aucune visite et que les bonbons étaient au complet. Il pouvait passer dans l'après-midi.

En voyant l'Enigma, elle ne put s'empêcher de pousser un petit cri de satisfaction. Elle trouva un emplacement pour la cacher avant de trouver une présentation sécurisée. Elle lut les documents et les traductions en concluant.

— Il a pris des risques énormes. C'était sûrement quelqu'un de bien et il ne pouvait pas s'imaginer que le désastre humain représenterait plus de cinquante millions de morts et trente millions de déplacés...

Le téléphone de Charles bipa. Un SMS lui proposait l'heure du rendez-vous à Saint-Lô, avec l'éditeur belge. Il s'excusa auprès de Mary. Au moment où il envoya sa réponse favorable, distrait il échappa le téléphone, tenta d'amortir la chute avec le pied et l'objet glissa au sol où il fut arrêté par le bloc multiprises de courant, celui des lampes sur pied. À ce moment un grésillement se fit entendre, une interférence sonore caractéristique et Charles comprit qu'il y avait un système émetteur dans le bloc de prises. Il n'eut aucun doute, il y avait là un micro espion GSM, qui transmettait en direct les conversations. Il fonça au placard qui contenait les produits d'entretien, prit le paquet de chiffons qui s'y trouvait et en enveloppa le bloc multiprises. Il y ajouta des revues pour tenter d'isoler phoniquement l'appareil. Il rageait. Comment avait-il pu faire l'impasse dessus ! Il lui faudrait tout démonter ! Comme ils étaient écoutés, il se dit qu'ils pourraient aussi essayer d'intoxiquer les curieux, ensuite, pour tenter de les démasquer. Il s'adressa à Mary à voix basse.

— Mary, le bloc de prises a été changé. Apparemment c'est le même, mais dedans il y a un micro espion. Ça repart avec une ligne téléphonique GSM ! Ils savent tout ce qu'on s'est dit depuis... Je ne sais pas quand...

— La semaine dernière, le vendredi, juste avant que l'on parte en Auvergne, j'ai eu une visite étrange, un homme... Il avait l'air de s'y connaître en matériel de guerre, en psy-op...

— Comment était-il ?

Mary fit une description précise du visiteur et Charles devint blanc.

— Vous l'avez laissé seul dans le bureau ?

— Oui, il voulait une revue que je suis allé chercher sur le présentoir du fond. Il l'a payé en liquide...

— Et il en a profité pour faire le remplacement. L'informatique n'est pas raccordée dessus, il n'y a que les lampes. Quoi d'autre ?

— Il y avait une femme qui attendait dans la voiture. Il me semble que je l'ai déjà vue, il y a longtemps, mais elle n'était pas rousse...

— Évitez de parler de choses confidentielles, je vous ramènerai un autre bloc de prises le plus vite possible. Enlevez les chiffons avant de partir par sécurité.

Charles n'eut plus aucun doute. Si Mary ne connaissait pas le colonel Michel Sébastien, elle avait très probablement reconnu Marilyn qui avait supervisé les opérations en 2016. La blonde Marilyn possédait de nombreuses perruques et une jalousie à toute épreuve qui l'avait conduite, l'an passé, à pénétrer dans le musée, avec l'arrière-pensée de provoquer Mary. Si ces deux-là rodaient dans le coin c'est qu'il y avait un danger certain, mais ils ne l'avaient pas averti.

Soudainement inquiète, Mary scrutait Charles intensément sans comprendre la raison de sa pâleur subite. Ses yeux bruns se fondaient dans ceux de Charles.

— Merci pour toute l'aide que vous m'apportez, murmura-t-elle.

Charles fit un pas vers elle.

— Non, Charles...

Elle fut prise d'un terrible pressentiment.

— Où allez-vous ?

— À Saint-Lô. J'ai rendez-vous avec l'éditeur belge qui vient de Nantes... il me reste cinquante minutes pour être à l'heure.

— Non, reste... Pars pas...

Brusquement, sans même s'en rendre compte, elle le tutoyait. Elle insista en vain.

— C'est une chance unique de faire paraître le roman... Je vais couper par les marais.

— Non... Appelle-moi dès que tu seras arrivé, je t'en prie...

En arrivant à La Cambe, Charles s'arrêta à la pharmacie pour acheter de l'aspirine. Il souffrait d'un mal de tête persistant. En repartant, au moment où il allait ouvrir la portière il aperçut le petit bout de papier glissé dans la feuillure. Il le prit, s'installa au volant, l'ouvrit et lut : « En entrant sur la route des marais, allume tes antibrouillards. MS ». Le doute n'était plus permis. Un sentiment d'angoisse l'envahit, mais il allait être en retard pour le rendez-vous. Au rond-point conduisant au cimetière militaire allemand, il prit la sortie en direction de Vouilly.

Au carrefour Got, il ne prêta pas attention au panneau de déviation appuyé contre le mur de droite. Si à ce moment, il avait regardé dans son rétroviseur, après son passage, il aurait vu deux hommes le prendre et le placer pour dévier la circulation vers Saint Germain du Pert, fermant ainsi la route des marais. Il traversa le pont de l'Aure inférieure et après le troisième pont, en sortie de courbe, il vit un véhicule arrêté au milieu de la route, capot moteur levé. Il ralentit et s'approcha prudemment. Un homme jeune, d'aspect sympathique se montra, souriant, et lui fit signe de s'arrêter. Charles baissa sa vitre.

— Bonjour, Monsieur, désolé, je suis en panne… Je ne peux pas repartir. Le démarreur s'est bloqué, mais si vous pouviez m'aider, en poussant un peu avec une vitesse enclenchée, on pourrait le décoincer… et je libérerai la route…

Méfiant, sur ses gardes, Charles sortit de sa voiture et s'approcha. Le jeune homme était souriant.

— Mais, vous êtes bien monsieur Charles Dubois, demanda-t-il.

— Oui… Pourquoi ?

À cet instant précis le jeune homme plongea la main à l'intérieur du capot et sortit un pistolet automatique qu'il pointa dans sa direction. L'arme n'était pas factice, probablement un Beretta. Charles évalua la distance qui le séparait de l'individu à deux mètres et ses chances de le neutraliser, ou de dévier l'arme, égales à zéro.

— C'est vous qui avez fait arrêter Djamel ! hurla le jeune radicalisé.

En une fraction de seconde toute l'affaire resurgit de la mémoire de Charles. Son ancien ami Menouar avait favorisé l'arrestation de son petit fils, Djamel, pour lui sauver la vie après son retour d'Irak. Charles avait été partie agissante, sous les ordres de Marilyn et du colonel Sébastien.

— C'est exact.

L'ancien agent des services de renseignement n'eut plus aucun doute sur son avenir. Il était arrivé au terminus de sa vie. Il avait entendu sombrer le nazisme, vu sombrer le communisme européen, sauf en France ; il ne verrait pas s'éteindre l'islamisme mondialisé et sourit tristement. Le jeune homme fut surpris de sa réaction.

— Pourquoi vous souriez ? Je vais vous tuer, vous n'avez pas peur ?

— Tu es trop jeune pour comprendre. Ma peur et mon chagrin ne regardent que moi, c'est un dicton arabe ! Tu es un mauvais musulman !

— Pose ton arme, hurla un haut-parleur, surprenant les deux protagonistes. Ils échangèrent un bref regard étonné et la suite se joua en quelques dixièmes de secondes.

À l'instant précis où le jeune terroriste prononça la première syllabe « Allah... » il y eut un comme un bref feulement, un bruit mat, suivi d'une détonation, puis à travers son crâne une matière grisâtre et sanglante s'en échappa violemment ; le corps fut propulsé par une force invisible dans le compartiment moteur. Charles était sidéré. Le prochain coup était pour lui, le témoin gênant. En un réflexe conditionné qu'il eut cru oublié depuis des décennies il effectua un placage au sol le long de la voiture. Il tremblait maintenant. En de tels instants tout se joue très vite. Il crut savoir d'où était venu le tir distant, proche d'une maison sur la gauche de la route, quand il aperçut le pistolet automatique du djihadiste, tombé au sol à moins d'un mètre de lui. La manœuvre pour le récupérer était risquée car elle l'obligeait à se découvrir. Il entendit une voiture arriver très vite, s'arrêter dans un crissement de pneus. Une portière claqua. Des pas rapides. En un dernier réflexe de protection il mit ses mains sur la tête, eut juste le temps d'apercevoir des chaussures noires, cirées, impeccables.

— Charles, c'est fini, relève toi !

Le colonel Sébastien se tenait debout devant lui. Il lui tendait la main pour l'aider à se relever.

— Allez, remets-toi... Tu es solide, t'en as vu d'autres. Tiens, un coup de whisky, ça te fera du bien. Avec ce qui t'attend, tu vas vraiment en avoir besoin...

Il lui tendit une petite flasque en verre et Charles avala une goulée en toussant. Il reprenait un peu de couleur et faillit défaillir à nouveau. Un femme blonde, svelte, lumineuse, s'approchait de lui en souriant. Il n'en croyait pas ses yeux. Marilyn... Sébastien expliqua.

— L'agence de Marilyn travaille avec les services italiens. C'est elle qui nous a prévenu du débarquement de Slim – il montra le corps du regard – à Lampedusa. Ils ne l'ont pas lâché d'une semelle, Autriche, Allemagne, Belgique, France... Mais il fallait d'abord neutraliser tout le commando, c'était le dernier de la liste.

— Comment avez-vous su pour moi ?

— Les interceptions et les filatures ce n'est pas fait pour les chiens... Lucie avait accepté de nous aider. Emma et Mary vont bien, pas d'inquiétude. Elles sont averties que tu vas bien aussi. J'avais le meilleur tireur du groupement. Excellent, mais il a eu un doute, ton antibrouillard gauche ne fonctionne pas ! C'est terminé.

Marilyn s'approcha de Charles, l'étreignit et l'embrassa chastement sur la joue.

— Charles, tu m'as tellement manqué... Pardonne-moi... La visite dans le musée, le soir de la tempête... c'était moi. Tu ne sortais plus de ta tanière. Il fallait bien que je trouve un moyen de te faire bouger pour que l'on puisse localiser ton tueur, avant qu'il te tue.

— Toi...

— Oui... Il y a un micro GSM que tu n'as pas trouvé au musée... Qu'est-ce qu'elle a de plus que moi, Mary ? Moi, je suis libre...

Plus loin, vers Monfréville, les gyrophares de la gendarmerie et des pompiers jetèrent leurs éclats bleus, accompagnés du bruit des sirènes. Effrayée, une cigogne familière des lieux s'envola en claquetant. Dans le ciel des mouettes tournoyaient en criant. Déjà, la nuit effaçait lentement le jour. Les derniers secrets d'hiver s'évanouirent dans les marais, peu à peu recouverts par la brume marine.

À ma muse

Elle me souffla les mots,
Pour m'éviter les maux,
Du stylo qui flanche,
Sur la page blanche.

Références historiques

http://beaucoudray.free.fr/1940.htm

Picauville se souvient…
Association Picauville et ses souvenirs de guerre - Éditions Editic 1994

http://www.ww2-derniersecret.com/B-Normandie/50.html élection N° 688 Juin 2004

Normandie 1944 N° 33 Novembre – décembre 2019 - Éditions Heimdal

Les Énigmes de l'Histoire N° 4 Octobre 2009

Service historique du Pentagone

Le dossier Saragosse – Pierre de Villemarest - Lavauzelle – 2002

Toi ou Moi [Du oder Ich] - Jo Dahms - Editions BoD – 2014

Stalingrad en Normandie – Eddy Florentin – Presses de la Cité – 2 ème trimestre 1964

https://fr.wikipedia.org/wiki/Indemnité_de_guerre

https://www.terrepromise.fr/2017/03/20/ces-entreprises-qui-ont-collabore-avec-les-nazis/

https://www.liberation.fr/planete/1998/12/04/ford-fournisseur-du-iiie-reich-le-groupe-americain-employait-prisonniers-et-deportes-en-produisant-p_254762

Table des matières

Chapitre I   L'intrusion   7

Chapitre II   Le secret des haies   21

Chapitre III   Le récit de Lucien   31

Chapitre IV   La pince du KGB   43

Chapitre V   Lucie, biologiste   55

Chapitre VI   Le journal de Lucette   67

Chapitre VII   Le journal de Werner   79

Chapitre VIII   Les ombres de la Guerre froide   91

Chapitre IX   Omaha la sanglante   101

Chapitre X   Basilique et brigand   113

Chapitre XI   Terre de volcans   125

Chapitre XII   Le choc   135

                   Références historiques   147

                   Table des matières   149

                   Annexe   150

Extrait page 1

Annexe

Führerhauptquartier, den 23.3.1942

Der Führer und
Oberste Befehlshaber der Wehrmacht
OKW/WFSt/Op. Nr.: 001031/42
g. Kdos.

Geheime Kommandosache

25 Ausfertigungen
4. Ausfertigung

Weisung Nr. 40 für die Kriegführung

Betr.: *Befehlsbefugnisse an den Küsten.*

I.) *Grundlagen:*

Die europäischen Küsten sind in der kommenden Zeit der Gefahr feindlicher Landungen in stärkstem Maße ausgesetzt.

Der Feind wird hierbei *Zeitpunkt und Ort seiner Landeunternehmungen* nicht allein von operativen Gesichtspunkten abhängig machen. Mißerfolge auf anderen Kriegsschauplätzen, Verpflichtungen gegenüber den Verbündeten und politische Erwägungen können ihn zu Entschlüssen verleiten, die nach rein militärischer Beurteilung unwahrscheinlich sind.

Auch feindliche *Landeunternehmungen mit begrenzten Zielen* stören, sofern sie überhaupt zu einem Festsetzen des Gegners an der Küste führen, in jedem Fall unsere eigenen Absichten empfindlich. Sie unterbrechen den eigenen See-Verkehr unter der Küste und binden starke Kräfte des Heeres und der Luftwaffe, die damit dem Einsatz an entscheidender Stelle entzogen werden. Besondere Gefahren entstehen, wenn es dem Feind gelingt, auf eigenen Flugplätzen einzufallen oder sich in dem von ihm gewonnenen Gebiet Flugbasen zu schaffen.

Die vielfach an der Küste oder küstennah gelegenen militärisch oder wehrwirtschaftlich wichtigen Anlagen, die z. T. mit besonders wertvollem Gerät ausgestattet sind, bieten außerdem Anreiz zu *überfallartigen örtlichen Unternehmungen.*

Besonders zu beachten sind die englischen *Vorbereitungen für Landeunternehmungen* an freier Küste, für die zahlreiche gepanzerte Landungsboote, eingerichtet für Kampfwagen und schwere Waffen, zur Verfügung stehen. Auch mit *Fallschirm- und Luftlandeunternehmungen* in größerem Ausmaß muß gerechnet werden.

II.) *Allgemeine Kampfanweisung für die Küstenverteidigung:*

1.) Die *Verteidigung der Küsten* ist eine *Wehrmachtaufgabe,* die ein besonders enges, lückenloses Zusammenwirken der Wehrmachtteile erfordert.

2.) *Vorbereitungen, Bereitstellung und Anmarsch* des Gegners für ein Landungsunternehmen rechtzeitig zu erkennen, muß das Bestreben des Nachrichtendienstes sowie der laufenden

- Quartier général du Führer, le 23.3.1942
-
- Le Führer et
- Commandant suprême de la Wehrmacht
- OKW/WFSt/Op. N° : 001031/42
- g. Kdos.
-
- Note secrète du commandement
-
- 25 exemplaires
- 4. copie
-
- Instruction n° 40 pour la guerre
-
- Sujet : Commandement et contrôle des côtes.

I.)Fondements :
Les côtes européennes seront les plus vulnérables aux débarquements ennemis dans la période à venir. L'ennemi ne fera pas dépendre le moment et le lieu de ses opérations de débarquement uniquement de considérations opérationnelles. Les défaillances sur d'autres théâtres de guerre, les obligations envers les alliés et les considérations politiques peuvent amener l'ennemi à prendre des décisions peu probables sur la base de considérations purement militaires. Même des opérations de débarquement hostiles avec des cibles limitées, si elles conduisent à l'échouage de l'ennemi sur la côte, peuvent en tout cas perturber nos propres intentions de façon sensible. Ils interrompent notre propre trafic maritime le long de la côte et lient

des forces fortes de l'armée de terre et de l'armée de l'air, qui sont ainsi retirées de la mission à un moment décisif. Des dangers particuliers surgissent lorsque l'ennemi réussit à envahir nos propres aérodromes ou à établir des bases aériennes sur le territoire qu'il a gagné. En outre, les installations militaires ou de défense, dont beaucoup sont situées sur la côte ou à proximité et dont certaines sont dotées d'équipements particulièrement précieux, constituent une incitation aux raids locaux. Une attention particulière doit être accordée aux préparatifs anglais pour les opérations de débarquement sur la côte ouverte, pour lesquelles de nombreuses péniches de débarquement blindées, équipées de véhicules de combat et d'armes lourdes, sont disponibles. Il faut également s'attendre à des opérations de parachutage et d'atterrissage aérien à plus grandeéchelle.

II) Instructions générales de combat pour la défense côtière :

1.) La défense des côtes est une tâche de la Wehrmacht qui nécessite une coopération particulièrement étroite et complète des unités de la Wehrmacht.

2.) Les efforts du service de renseignement ainsi que *la reconnaissance par la marine et l'armée de.l'air,* sont de reconnaître à temps les préparatifs, la mise en place et l'avance de l'ennemi pour une tentative de débarquement.

Deepl Traducteur et corrections auteur.